KB060557

인공지능, 말을 걸다

BOOK
JOURNALISM

인공지능, 말을 걸다

발행일 ; 제1판 제1쇄 2020년 10월 8일
글 ; 박현아 발행인·편집인 ; 이연대
주간 ; 김하나 편집 ; 소희준 제작 ; 강민기
디자인 ; 최재성·유덕규 지원 ; 유지혜 고문 ; 손현우
펴낸곳 ; ㈜스리체어스 _ 서울시 중구 삼일대로 343 9층
전화 ; 02 396 6266 팩스 ; 070 8627 6266
이메일 ; hello@bookjournalism.com
홈페이지 ; www.bookjournalism.com
출판등록 ; 2014년 6월 25일 제300 2014 81호
ISBN ; 979 11 90864 41 1 03300

BOOK
JOURNALISM

인공지능, 말을 걸다

박현아

; 인공지능 스피커는 인간과 닮은 목소리로 건네는 말과 호의적인 메시지를 통해 사람으로 하여금 다른 사람과 대화하듯이 자연스럽게 인공지능과 대화하도록 유도한다. 대화에서 인공지능 스피커가 주는 따뜻한 메시지는 사람들이 가진 근본적인 외로움을 경감한다. 비록 이 기계가 사람의 외로움에 대해 아무것도 이해하지 못하더라도, 사람들은 가상의 위로를 인간적인 것이라고 믿어 버린다.

──────────────────────────── 차례

프롤로그

가상 비서와의 대화는
이미 시작됐다

"오케이 구글, 좋은 아침!" 아침에 일어나면 구글 어시스턴트에게 말을 건다. 구글 어시스턴트는 "좋은 아침입니다. 오늘의 일정은 두 개가 있습니다" 하고 일정을 알려 준다. "오늘 서울 날씨는 맑겠습니다. 최고 기온은 29도, 최저 기온은 18도입니다. 오늘의 주요 뉴스입니다…" 이어서 말해 주는 날씨 정보와 오늘의 뉴스를 귀로 들으면서 아침 식사를 하거나 외출 준비를 한다. 운전을 하는 동안에는 "강남역 가는 길 알려줘"라고 목적지까지 안내를 명령하고, 집에 오면 "휴식 모드"라고 명령한다. 그러면 구글 어시스턴트는 "오늘도 고생 많으셨어요"라는 메시지와 함께 에어컨을 켜고 음악을 재생한다. 가상 비서virtual assistant는 일상의 단축키이자 반려 기기다.

산업 전문가들은 2021년까지 지구에 사람 수보다 음성 기반 가상 비서가 더 많을 것이라고 예상한다.[1] 음성 기반 가상 비서들은 단순한 음악 재생에서부터 긴급 구조 요청까지 한 달에 약 10억 개의 작업을 수행한다.[2] 미국에서는 이미 네 가구 중 한 가구가 음성 기반 가상 비서를 일상적으로 사용한다. 국내에서도 판매량이 증가 추세에 있고, 공공, 사회 복지 등 여러 분야에서 활용이 모색되고 있다. 아마존, 구글, 삼성, 네이버, 카카오, SKT, KT 등 우리가 아는 거의 모든 IT 기업들이 인공지능 스피커를 출시했고, 지금도 시장에서 치열한 경쟁을 벌이고 있다. 특히 최근 비대면 추세가 가속화하면서 인공지능 스피커에 대한 관심과 수요는 비약적으로 증가하고 있다.

인공지능 스피커가 세력을 넓히는 동안 주로 논의되어 온 것은 기술적 측면이었다. 몇 년 전부터 인공지능 스피커의 토대인 챗봇chatbot이나 인공지능 스피커의 애플리케이션을 제작하기 위한 기술적인 방법을 안내하는 가이드가 많이 나왔다. 이에 비해 사람과 인공지능 스피커 간의 상호 작용이 다양한 맥락에서 어떤 사용자 경험을 만들며, 인간의 커뮤니케이션에 어떤 영향을 미칠 것인지에 대한 논의는 부족했다. 인공지능 스피커는 음성 혁명의 시대를 열고 있다. 이제 인간은 가장 편안하고 익숙한 자연어를 통해 컴퓨터와 상호 작용할 수 있다. 컴퓨터가 인간의 커뮤니케이션 방식을 습득한 것이다. 사람과 기술이 상호 작용하는 방식은 크게 변화할 것이다. 인공지능 스피커와 인간 간의 상호 작용이 사람들의 일상에 어떻게 통합되고 있고, 개인적이고 사회적인 측면에서 어떤 변화를 가져오고 있는지 살펴볼 필요가 있다.

지난 5년간 인공지능 스피커와 사람 간의 상호 작용 경험을 연구하고 인공지능 스피커의 애플리케이션 격인 스킬skill을 기획하면서 말하는 인터페이스에 대한 인간의 사용자 경험을 다각적으로 조사했다. 인공지능 스피커와 처음 대화하는 어린이와 초기 사용자, 사물 인터넷(IoT·Internet of

Things) 기기와 인공지능 스피커를 연동해서 사용하는 헤비 유저들을 만나고 해외 연구 동향을 살폈다. 이를 통해 사람들이 다양한 상황과 맥락에서 서로 다른 목적과 기대 수준을 갖고 인공지능 스피커를 사용한다는 것을 알 수 있었다. 그리고 인공지능 스피커와의 상호 작용 경험이 인간의 커뮤니케이션을 재조직할 수 있다는 것을 발견했다.

물론 아직 인공지능 스피커의 기술 수준이나 사용성에는 한계가 있다. 사람의 말을 잘 알아듣지 못할 때도 있고, 대화도 한두 번의 질문과 응답 이상을 넘어가지 않는다. 수행할 수 있는 기능이 많지 않고, 사용자 입장에서는 어떤 명령을 해야 할지 알기 어렵다. 그러다 보니 많은 사용자들이 단 몇 번의 사용 경험으로도 실망을 하고 사용을 중단한다. 애써 시도한 음성 명령에 "죄송해요, 제가 할 수 없는 일이에요"라는 대답을 들으면 힘이 빠지는 것도 사실이다.

그러나 인공지능 스피커의 여러 한계를 극복하기 위한 산업계와 학계의 실험과 탐색은 활발히 진행되고 있다. 2018년 구글은 개발자 대회에서 사람과 자유자재로 대화하는 인공지능을 소개해 월등한 음성 인식과 음성 합성 기술을 선보인 바 있다. 국내 인공지능 스피커의 경우 한국어의 특성상 음성 인식 고도화가 쉽지 않은 편이지만, 2022년까지 국어 정보화 사업을 통한 말뭉치(자연어 연구를 위해 언어의 표본을 추출한 집

합) 구축을 추진하고 있다. 음성 인식의 정확도가 높아지는 데는 시간이 걸리겠지만, 사람들이 인공지능 스피커가 할 수 있는 기능들을 정확히 파악하고, 명령하는 방식에 익숙해지면 오류율은 줄어들 것이다. 말하는 인터페이스가 탑재된 사물들을 증가시켜 사용자와의 접점을 확대해 나가는 글로벌한 추세는 사람들이 점점 음성 명령에 익숙해지도록 유도하고 있다.

말하는 인터페이스는 점점 우리의 주변 환경을 에워싸고 있다. 가전이나 웨어러블 기기뿐 아니라 자동차나 아파트 등 수많은 사물과 주변 환경에 탑재되고 있고, 향후에는 물리적 신체를 가진 로봇에도 탑재될 것이다. 말하는 인터페이스와 상호 작용하는 것은 앞으로 도래할 로봇 사회로 가는 징검다리이기도 하다. 우리와 비슷한 이름과 말투, 목소리를 사용하는 인공지능 스피커는 우리에게 친근하게 말을 걸기 시작한 최초의 인공지능이다. 인공지능 비서와의 대화에 참여하는 것은 이제 피할 수 없는 선택이 될 것이다.

말하는 인터페이스

인간 사회에서 AI 스피커의 역할

2020년 슈퍼볼 광고 가운데 유튜브에서 가장 많이 재생된 광고는 아마존의 인공지능 스피커 알렉사Alexa 광고였다. 광고에서 미국 유명 토크 쇼 진행자 엘런 드제너러스는 외출하기 전 알렉사에게 집안 온도를 낮추라고 지시한다. "알렉사, 온도 낮춰 줘." 알렉사가 대답한다. "집 안 온도를 낮춥니다." 집을 나서면서 엘런은 부인 포샤 드 로시에게 묻는다. "알렉사 이전에는 어떻게 살았을까?" 그러자 광고의 배경은 1900년대로 회귀한다. 난롯가에서 수예를 놓던 귀부인이 앞치마를 두른 하녀에게 명령한다. "알렉사, 온도를 2도 낮춰 줘." 하녀는 덤덤한 얼굴로 벽난로에서 타고 있는 장작 두 개를 창문 바깥으로 던진다.[3]

〈What did we do before Alexa?(알렉사 이전에는 어떻게 살았을까?)〉라는 제목의 이 광고는 인공지능 스피커가 없던 과거를 현재와 교차해 보여 주면서 인공지능 스피커 알렉사가 없던 중세에도 이 역할을 하는 사람은 늘 존재했다는 메시지를 전달한다. 인간이 해야 했던 일을 인공지능 스피커가 대신 해주고 있다는 의미다. 10년 전만 해도 컴퓨터에게 음성으로 말을 거는 일은 생경했다. 그러나 이제는 세계인들의 보편적인 생활 방식이 되고 있다. 2019년 기준으로 전 세계 인공지능 스피커 연간 판매량은 1억 대를 돌파했다.[4] 미국에서는 네 가구 중 한 가구가 인공지능 스피커를 갖고 있고, 그중 4분의 3이 매일 사용할 정도로 일상화되었다.[5] 사용자가 집 안 거실에 있건, 안방에 있건, 자동차 안이나 회사 사무실에 있건 음성 기반 가상 비서는 어디에나 존재할 수 있다. "○○야, ○○해 줘"라는 음성 명령은 21세기 가장 새롭고 강력한 커뮤니케이션 방식이 되고 있다.

가상 비서는 음성 명령을 기반으로 개인 비서처럼 사용자가 요구하는 작업을 처리하거나 서비스를 제공하는, 인공지능 스피커에 탑재된 소프트웨어를 말한다. 주로 가정 내에서 사용자로부터 음성 명령을 입력받아 날씨, 뉴스, 정보 검색, 음악 재생, 기기 제어 등을 수행한다. 사용자들은 몸을 움직이거나 기기를 조작하지 않아도 스피커에 말을 거는 것만으로 정보를 검색하거나 기기를 제어할 수 있다. 지난 10년간 음성 인식, 자연어 처리 및 데이터 저장과 관련된 기술이 획기적으로 발전하면서 공상 과학 영화에서나 볼 수 있었던 일들이 실현되고 있다.

지금까지 다양한 SF 영화들이 음성 기반 인공지능 비서에게 사회적인 역할을 부여해 왔다. 스탠리 큐브릭 감독의 〈2001: 스페이스 오디세이〉에 등장하는 'HAL 9000'은 우주선을 컨트롤하고 승무원을 보호하는 역할을 하는 유머러스한 가상 비서다. 영화 〈아이언맨〉에 토니 스타크의 비서로 등장한 '자비스'는 저택에서 사소한 업무들을 처리하는 것에서부터 목숨을 건 전투까지 보조한다. 영화 〈그녀Her〉의 인공지능 운영 체제 '사만다'는 주인공 테오도르의 모든 이야기에 깊숙이 공감하며 정서적인 위안을 준다. 인간과 인공지능의 꿈같은 커뮤니케이션은 더 이상 불가능한 시나리오가 아니다. 현재 인공지능 스피커는 단순한 일을 도와주는 가상 비서에 머무르고 있지만, 인간의 의지에 따라 역할이 점점 확장되어 예측 기반의 조언을 하거나 정서적인 위안을 줄 수 있는 수준으로 발전할 것이다.

인공지능 스피커는 현재 과도기를 지나고 있다. 이미 우리 사회에 도입되었지만 아직 명확한 역할을 부여받지 않았거나 제대로 역할을 수행하지 못하고 있다. 기술의 발전 방향은 기술을 활용하는 인간의 목적에 따라 결정된다. 최근에는 사용자와 상호 작용하는 인공지능 스피커의 역할에 대한 연구가 이루어지고 있다. 인간과 상호 작용하는 맥락, 수행하는 작업에 따라 음성 리모컨부터 정보의 리포터, 자동화된 허브, 혹은 인간의 동반자까지 될 수 있다고 연구자들은 전망한다.[6] 인공지능 스피커의 잠재적인 역할은 우리가 기술에 어떤 기대와 목적을 가져야 할지 고민하게 만든다. 애플의 공동 창립자인 스티브 잡스Steve Jobs는 "우리는 기술이 등장하기 전까지는 무엇이 필요한지 몰랐다"고 말했다. 인공지능 스피커가 등장한 이후에야 비로소 우리는 내재되어 있던 필요를 깨달아 가고 있다.

목소리의 인터페이스

유저 인터페이스(UI·User Interface)는 사용자와 컴퓨터가 소통하는 접점을 뜻한다. 컴퓨터가 처음 등장했을 때는 사용자가 컴퓨터가 이해하는 명령어를 입력해 상호 작용하는 CLI(Command Line Interface) 방식이 지배적이었다. 명령어를 외워서 입력해야 하고, 상당한 배경지식도 필요하기 때문에 일반 사용자에게는 진입 장벽이 높았다. 이후 마우스와 키보드를 이용해 직관적으로 소통할 수 있는 그래픽 기반의 인터페이스 GUI(Graphic UI) 방식이 도입되었다. 최근에는 사용자의 말과 행동 기반의 제스처를 입력해서 소통하는 NUI(Natural UI) 방식이 사용되고 있다. 점점 더 직관적이고 사용자에게 편리한 방식으로 진화하고 있는 것이다. 인공지능 스피커는 NUI 방식 중 하나인 VUI(Voice UI)다. VUI는 기계가 인간의 언어를 분석해 작동하는 '말하는 인터페이스'다. 컴퓨터와 인간이 자연어로 대화하는 것은 가장 획기적인 커뮤니케이션 혁명이다. 소리는 태어나면서부터 낼 수 있기 때문이다. 컴퓨터와 상호 작용하기 위한 학습이 더 이상 필요하지 않다는 의미다. 게다가 음성을 사용하면 거리가 멀거나 두 손과 발, 눈이 다른 것에 집중하는 상황에서도 컴퓨터와 커뮤니케이션할 수 있다.

VUI의 시초는 시리Siri다. 많은 사람들이 시리를 애플에서 개발한 VUI로 오해하고 있지만 사실 시리는 2003년 미국 국방부에서 진행한 미국 역사상 가장 큰 인공지능 프로그램 개발 프로젝트 칼로CALO의 일부였다. 프로젝트의 한 파트인 음성 비서 개발진들은 SRI 인터내셔널이라는 벤처 기업을 설립하고 시리라는 가상 비서를 개발했다. 애플의 CEO였던 스티브 잡스는 이 벤처 기업을 눈여겨봤다. 잡스는 시리를 인수하기 위해 45일간 서른 번 전화를 할 정도로 끈질긴 구애를 했다고 전해진다. 결국 시리는 2010년 애플에 인수돼 1년 후 아이폰에 탑재되었다. 시리는 출시 직후 전 세계인의 주목을 받았지만 잡스의 사망으로 구심점을 잃은 데다 폐쇄적인 정책으로 기능을 확장하기 어려웠다.

VUI의 가능성에 주목한 또 다른 기업은 아마존이다. 아마존은 2010년대 초반부터 음성 기반 검색에 대한 연구와 관련 벤처 기업 인수를 추진했다. 그러나 아마존의 음성 인터페이스는 오랜 기간 동안 사내 실험실에 머물러 있었다. 당시 화면이 없는 VUI는 한 번도 출시된 적이 없었기에 섣불리 출시하는 것은 어려운 도전이었다. 또한 CEO인 제프 베조스Jeff Bezos의 완벽주의로 인해 기술력을 높이기 전까지는 출시를

서두르지 않았다. 아마존은 시리가 출시된 지 4년이 지난 2014년에야 원통형 스피커인 에코Echo와 그 안에 탑재된 알렉사를 출시한다. 출시 후부터 2019년까지 알렉사가 탑재된 기기는 1억 대 이상 판매됐다.[7] 2020년 현재, 인공지능 스피커를 보유한 미국 가정의 약 70퍼센트는 아마존 알렉사를 사용한다.[8]

아마존의 알렉사가 증명한 것은 시리와 같은 스마트폰의 부가적인 기능이 아닌 독립적인 서비스로서 VUI의 가능성이었다. 그 전까지는 말하는 인터페이스를 단독으로 사용하는 것은 시각적인 기기의 보조가 없기 때문에 불완전하다는 견해가 지배적이었다. 그러나 시각적인 단서의 부재로 인해 사람들은 오히려 보고 만지는 인터페이스로부터 해방된 자유를 누릴 수 있었다. 정보에 접근하는 동안 얼마든지 주의력을 다른 곳에 분산할 수 있는 자유다. 과거엔 출근 준비를 하면서 날씨를 확인하기 위해 스마트폰을 열어서 날씨 애플리케이션을 확인했다면 이제는 출근 준비를 위해 메이크업을 하면서 "○○야, 오늘 날씨 어때?"라고 물어볼 수 있다. 귀로는 날씨 정보를 듣지만, 손과 눈은 메이크업을 하고 있다. 정보를 얻는 감각을 더 효율적으로 배분해 신체적인 노력과 인지적인 노력을 줄일 수 있는 것이다.

독립적인 스피커 형태로 제공된 VUI는 가정 내에서 사소한 일의 수행 절차를 단축하거나 자동화하고자 하는 사용자의 욕구와 맞아떨어졌다. 이전에 시리와 같은 VUI는 GUI 기반의 스마트폰 안에 함께 탑재되어 터치 대신 말을 거는 인간의 행동에 자연스럽게 대처하지 못하거나 어떤 장소에서 사용해야 하는지 구체화되지 않았다. 사람들은 공개된 장소에서 기계에서 말을 거는 것을 어색해 하거나, 자신이 기기와 나누는 대화가 다른 사람에게 들리는 것을 프라이버시 침해라고 느꼈다. 그러나 가정 내에서는 가족 구성원을 제외하면 기기에게 말을 거는 행위가 노출될 부담이 적다. 또한 집은 기본적으로 휴식의 공간이기 때문에 자동화를 통한 편리한 생활의 욕구가 높다. 말하는 인터페이스는 집이라는 가장 사적인 공간에 완벽히 자리 잡을 수 있었다.

가상 비서는 집에서 사람들이 여러 가지 집안일을 수행하기 위해 거쳐야 했던 단계들을 단축한다. 음성 인터페이스가 그래픽 인터페이스에 비해 유용한 점 중 하나는 사용자가 원하는 것을 선택하기 위해 홈 화면에서 원하는 메뉴를 선택하고 메뉴에서 세부 기능을 찾는 등 일련의 연속된 동작을 할 필요 없이 음성 명령을 통해 원하는 세부 기능에 즉시 연결될 수 있다는 점이다. 정보에 대한 즉각적인 접근, 숏컷short cut이 가능하다는 의미다. 클래식 음악을 듣기 위해 과거에는 CD를 찾아서 전축에 넣고 재생 버튼을 누르는 동작을 해야 했다면,

음성 인터페이스를 사용하면 "○○야, 클래식 음악 틀어 줘"라는 단축키 같은 명령만으로 충분하다.

특정 조건에 따라 여러 가지 동작이 자동화되어 수행되는 루틴routine을 설정해 놓으면 굳이 사람이 명령할 필요도 없다. 루틴은 '만약 이렇다면 이렇게 실행해(If-This-Then-That, IFTTT)'라는 규칙에 기반해 실행된다. 가령 실행 조건으로 '습도가 50퍼센트 이상이라면'을 설정하고, 그 조건이 만족될 때는 '공기 청정기를 실행 모드로 설정한다'는 규칙을 미리 정해 놓는다. 그러면 사용자가 명령하지 않아도 습도가 높을 때는 자동으로 공기 청정기가 실행된다. 인간의 개입이 조금도 필요하지 않은 자동화는 주변 환경의 유지 관리와 같은 단순 작업을 위해 투자해야 했던 시간과 에너지를 줄여 준다.

음성 인터페이스는 조작에 필요한 주의력을 최소화한 방식이지만, 반대로 이용자가 요구하는 작업이 일정 수준 이상의 주의력이 필요한 종류라면 시각 디스플레이의 보조가 필요할 수도 있다. 대표적인 것이 사용자가 기억해야 할 정보가 많거나 사용자의 기억 용량에 제한이 있는 경우다. VUI가 제공하는 음성 기반의 정보는 재생되고 나면 메시지가 허공으로 사라진다. 따라서 이용자가 메시지를 기억해야 하는 경우에는 디스플레이에 내용을 표시하는 것이 유용하다. 예를 들어 인공지능 스피커가 요리 레시피를 제공한다면 사용자가 단계별로 진행되는 정보를 모두 기억하기 어렵기 때문에 시각적인 정보 표시가 있는 것이 편리하다. 사용자가 기억 용량이 적은 어린이들인 경우도 마찬가지다. 디스플레이를 통해 동화책을 시각적으로 보여 주면서 이야기를 들려주면 내용에 대한 이해를 높일 수 있다. 음성 인터페이스보다 스크린이 있는 기기와의 상호 작용에서 이용자의 신뢰감과 통제 감각이 높았다는 연구 결과도 있다. 이스라엘의 연구자 미갈 루리아 Michal Luria와 동료들이 수행한 연구의 참가자 중 한 명은 "스크린은 가장 안전하고 신뢰감이 드는 방식"이라며 "항상 거기 있고, 작동할 것이라는 느낌이 든다"고 언급했다. 반면 음성 기반 상호 작용의 경우 스크린 기반 상호 작용보다 이용자가 몰입하는 정도가 높았고, 어떤 공간에 있든 사용할 수 있고 손을 사용하지 않아도 된다는 점이 긍정적으로 평가되었다.[9] 음성 기반 상호 작용이 사용자의 주의력을 최소화한다면, 스크린 기반 상호 작용은 상황에 대한 통제 감각과 신뢰감 측면에서 효과를 발휘한다. 인공지능 스피커에 스크린을 결합하면 사용자가 인공지능에 내린 명령이 수행되었는지 파악하고, 주변 환경의 변화를 인식하는 데 도움을 줄 수 있다. 특히 음성만으로 수행하기에 불안감을 느끼는 작업에 대한 통제감을 보완한다. 문단속, 에너지 정보 표시, 구매와 결제 작업 등은 스크린이 있는 기기에서 더 활발하게 음성 명령을 통해 수행

될 수 있다. VUI에 스크린을 더한 인공지능 스피커들이 등장하고 있는 이유이기도 하다. 기계와의 상호 작용 수단인 UI는 기술의 변화와 이용자의 요구에 따라 달라지고 있다.

인터넷과 스마트폰이 그랬던 것처럼, 음성 기반 가상 비서를 통한 상호 작용은 인간의 생활 방식과 커뮤니케이션 방식을 이미 변화시키고 있다. 인간과 컴퓨터 간 상호 작용은 항상 그 시대에 누릴 수 있는 더 편리하고 더 효율적인 방식을 채택하면서 진화해 왔다. 이제 인간은 만인에게 익숙한 음성이라는 커뮤니케이션 수단을 통해 가장 자연스러운 방식으로 목적을 달성하고 주변을 통제하는 흥미로운 실험을 시작하고 있다.

시리에서 사물 인터넷까지

현재 상용화된 말하는 인터페이스는 스마트폰이나 웨어러블 기기에 부가적인 기능으로 탑재된 가상 비서, 가상 비서가 독립형stand-alone 하드웨어에 탑재된 인공지능 스피커, 고유한 서비스 영역을 가진 주변 사물에 탑재된 가상 비서로 크게 구분할 수 있다.

스마트폰에 탑재된 가상 비서로는 시리, 코타나, 구글 어시스턴트, 빅스비 등이 있다. 이 가상 비서들은 일반적으로 스마트폰의 특정 버튼을 몇 초간 길게 누르거나 어시스턴트의 이름을 부르면 실행되도록 설정되어 있다. 스마트폰의 여타 기능에 비해 가상 비서에 대한 접근성을 강조한 의도가 반영된 동작 방식이다. 그러나 스마트폰에 탑재된 가상 비서들은 그 의도를 무색하게 할 만큼 다른 수많은 기능에 가려져서 뚜렷한 활용 용도를 찾지 못했다.

　　반면 가상 비서가 독립적인 하드웨어에 탑재된 인공지능 스피커는 사용자의 집 안에서 다른 가전제품과 유사한 존재감을 갖고, 음성 명령을 받기 위해 항상 대기 모드에 있는 비서라는 정체성을 확립했다. 애플의 홈팟, 아마존 에코, 구글 홈, 빅스비 홈 등의 하드웨어를 가진 인공지능 비서들이 대표적이다. 이 가상 비서들은 주로 둥근 원통형의 몸체를 갖고 사용자의 안방이나 거실의 탁자, 주방의 식탁 위에서 오직 음성 명령이라는 목적으로만 활용된다. 단독으로 사용되는 인공지능 스피커의 부상은 가상 비서만을 위한 새로운 생태계를 만들었다. 소프트웨어 측면에서는 외부의 제조사가 참여하여 업로드할 수 있는 일종의 애플리케이션인 스킬이라는 고유한 영역이 마련되었다. 하드웨어 측면에서는 인공지능 스피커와 연결할 수 있는 온도 센서나 움직임 센서, 여러 가전의 적외선 신호를 감지하여 인공지능 스피커가 가전들을 통합적으로 제어하도록 해주는 리모컨 허브 등 주변 기기가 개발되었다. 스마트폰이 거대한 애플리케이션 시장을 탄생시켰듯이 인공지능 스피커 또한 다른 서비스들과 연결되는 토대를 마련한 것이다.

고유한 서비스 영역을 가진 주변 사물에 탑재된 가상 비서는 냉장고나 에어컨 같은 가전의 가상 비서, 자동차나 아파트 내 가상 비서 등으로 분화되고 있다. 냉장고나 에어컨 등 가전에 설치된 가상 비서의 경우 그 가전이 수행하는 고유한 기능을 보조한다. 예를 들어 냉장고의 가상 비서는 "냉장실 내부 보여 줘" 명령에 반응해 내부 이미지를 보여 주거나, 사용자가 미리 등록해 놓은 식재료에 대해 "냉장실의 사과 유통 기한을 5일로 설정해 줘"라고 명령하면 유통 기한을 설정하고 알림을 올릴 수 있다. 각 가전이 사용자에게 전문성 있는 응대를 하는 것이 가능하다는 의미다. 차량 내 가상 비서는 현재 가장 보편적으로 사용되는 가상 비서의 유형이다. 눈과 손이 전방 주시와 핸들 제어에 집중하고 있는 운전 상황에서는 가상 비서를 사용해야 하는 당위가 명확하다. 사용자는 자동차의 핸들에 달린 음성 인식 버튼을 누른 후 "에어컨 틀어 줘"나 "집으로 가자" 같은 음성 명령을 내릴 수 있다. 운전자의 주의력을 최소한으로 사용하면서 필요한 동작을 지시할 수 있기 때문에 음성 인터페이스의 장점을 적극적으로 활용할 수 있는 환경이다. 현대자동차가 카카오 i와 협업하거나, 르노 삼성 자동차가 기가지니와 협업하는 등[10] 자동차 회사와 인공지능 스피커 제조사들의 합종연횡도 활발히 이루어지고 있다. 'AI 아파트' 역시 인공지능 스피커와 다른 산업 분야의 활발한 연합을 실감할 수 있는 사례다. AI 아파트는 사용자가 아파트 내에서 가상 비서를 통해 주변 환경을 자유자재로 통제할 수 있도록 한다. 집 안의 가전뿐 아니라 난방이나 조명, 엘리베이터, 주차장, 택배 알림 서비스 등 광범위한 주변 환경을 제어하는 것이다. "○○, 나 외출해"라고 말하며 현관문을 나서면 엘리베이터가 사용자를 기다리고 있는 식이다. 가상 비서와 사용자의 접점은 일상 속에서 무한히 확대되고 있다. 인공지능 스피커는 일상의 모든 부분에서 사용자 경험을 바꿔놓을 것이다.

AI 생태계의 지각 변동

올해 초 미국 라스베이거스에서 열린 세계 가전 전시회CES 2020에서는 도처에서 '헤이 구글', '알렉사' 등 가상 비서를 호출하는 소리가 울려 퍼졌다. 각종 제조사들이 구글과 아마존의 가상 비서와 연동한 TV, 에어컨, 스피커, 전자레인지, 자동차 등을 선보이고, 체험할 수 있도록 했기 때문이다. 아마존은 부스 벽면에 알렉사와 연동되는 약 3500개의 브랜드 로고를 나열해 알렉사의 세력 확장에 대한 자신감을 드러냈다. 구글은 '헤이 구글Hey Google'이라는 두 단어짜리 명령어를 전시장 주변을 순환하는 모노레일에 커다랗게 써 붙였다. 지난해 발표에 따르면 이 주문으로 깨울 수 있는 기기는 10억 개에 이른다.[11] 얼마나 많은 기기와 연동될 수 있느냐는 인공지능 스피커 시장의 핵심 요소가 되고 있다.

실제로 인공지능 스피커 시장의 후속 라운드 과제는 스피커 안의 소프트웨어인 가상 비서를 가능한 한 많은 기기에 탑재하는 것이다. 이 목표는 사물 인터넷 트렌드와 연관이 있다. 사물 인터넷은 각종 사물이 무선 통신을 통해 연결되는 기술을 의미한다. 2010년대 초반부터 주목받았지만, 제조사별로 기기의 수행 능력이 다르고 호환성 문제가 있어 대중적으로 보급되기는 어려웠다. 음성 기반 가상 비서는 사물 인터넷 기기들을 하나로 묶는 통합적인 유저 인터페이스가 될 수 있다. 모든 가전을 하나의 가상 비서로 호출할 수 있게 만들어 이용자에게 일관된 사용 경험을 제공하는 것이다. 인공지능 스피커가 수많은 사물을 컨트롤하고 사물로부터 얻은 정보를 통합적으로 관리할 수 있는 허브hub가 된다는 의미다. 인공지능 스피커 허브를 중심으로 수많은 사물들이 연결되어 역동적인 복합체가 되는 환경은 AI 생태계라고 부를 만하다.

사용자들은 인공지능 스피커를 선택할 때 자신이 주력으로 사용하는 서비스를 고려한다. 예를 들어 구글 캘린더, 유튜브와 지메일을 주로 사용하는 사용자는 구글 어시스턴트를 중심으로 기기들을 연결하는 것이 유리하다. 만약 사용자가 구글 어시스턴트에 필립스 조명을 연결해 두었다면, "휴식 모드 해줘"라는 명령어에 따라 조명의 밝기를 낮추고 유튜브에서 잔잔한 음악을 재생하도록 설정하는 것이 가능하다. 인공지능 스피커에 제공되는 서비스가 얼마나 많은 사용자를 보유하고 있느냐는 경쟁의 성패를 좌우할 수 있다.

많은 이용자를 보유한 국내 이동 통신사나 플랫폼 기업도 2010년대 중반부터 인공지능 스피커 시장의 경쟁에 뛰어들었다. SK텔레콤과 KT 같은 이동 통신사들은 IPTV와 연계한 서비스를 제공할 수 있기 때문에 인공지능 스피커 출시가 비교적 빨랐다. 뒤이어 네이버도 검색과 지식 서비스의 강점을 살려 클로바Clova를 출시했고, 카카오는 카카오톡 메신저 사용자층을 기반으로 카카오 미니Kakao Mini를 선보였다. 최근에 이 업체들은 아파트 건설사, 호텔, 자동차와 제휴하면서 각자 독자적인 AI 생태계를 조성하고 있다. 한 예로 SK텔레콤은 40개 건설사와 제휴를 맺었고 350개 기기와 연동할 수 있다.[12]

인공지능 스피커가 연결된 기기 없이 단독으로 가정에서 사용될 경우 음성으로 버튼을 대신 눌러 주는 음성 리모컨의 역할만을 할 수 있다. 그러나 인공지능 스피커로 통제할 수 있는 기기가 여러 개가 되면 허브로서 여러 기기와 사용자 간 상호 작용을 조율하게 된다. 각 기기가 사용자와 상호 작용하면서 얻은 정보를 수집하고, 정보를 통합해 분석한 뒤 사용자에게 개선된 서비스를 제공하는 것이다. 통합된 정보를 바탕으로 사용자가 명령하지 않아도 주변 상태를 파악하여 자동으로 기기들을 제어할 수도 있다. 이 능력을 생활 환경 지능ambient intelligence이라고 한다. 인공지능 스피커가 생활 환경 지능을 갖추게 되면 사용자 주변 환경의 맥락을 분석하여 선제적으로 대응할 수 있다. 문자 그대로 '스마트'한 집smart home이 되는 것이다.

　　미국의 컴퓨터 공학자 마크 와이저Mark Weiser는 이렇게 말했다. "가장 심오한 기술은 눈에 보이지 않는 기술이다. 그것들은 일상 환경 속으로 엮여 들어가 다른 사물과 구분되지 않을 정도가 되어 버린다."[13] 향후 인공지능 스피커와 연결된 기기들은 우리가 의식하지 못할 정도로 생활 속에 자연스럽게 포함될 것이다. 아마존과 구글 같은 선두 주자들은 갈수록 더 작은 크기의 인공지능 스피커를 출시하고 있다. 가정 공간에 스피커의 개수를 늘려 더 촘촘하고 은밀하게 일상에 침투하려는 전략이다. 지난해 아마존은 콘센트에 꽂을 수 있는 작은 크기의 인공지능 스피커를 출시하기도 했다.[14] 작은 인공지능 스피커는 저렴하고 간편하기 때문에 미국에는 방마다 인공지능 스피커를 배치하는 이용 방식이 자리 잡고 있다. 이런 추세가 계속되면 언젠가는 인공지능 스피커가 방 안의 벽지에 탑재될지도 모른다.

　가정 공간 바깥에서는 사용자가 무선 이어폰, 스마트 워치, 자동차에 탑재된 가상 비서에게 자연스럽게 말을 걸게 될 것이다. 최근 몇 년 사이 무선 이어폰을 귀에 꽂고 허공에 말을 하거나 다른 일을 하면서 스마트 워치의 메시지를 흘긋 곁눈질하는 사람을 보는 일이 매우 흔해졌다. 웨어러블 기기는 가상 비서와 마찬가지로 사람들의 손과 눈을 자유롭게 한다. 현재 애플의 시리는 무선 이어폰을 손으로 탭하는 행동만으로 호출할 수 있다. 지금은 시리가 수행할 수 있는 기능이 다양하지 않지만, 인공지능 기술이 발전할수록 웨어러블 기기를 통해 가상 비서를 이용하는 사용자의 편리함은 증대될 것이다. 아이언맨이 슈트를 입고 헬멧 속에서 인공지능 비서 자비스를 불러내는 영화 속 장면처럼 어디에서든 사용할 수 있게 될 것이다.

　물론 웨어러블 기기를 통해 집 밖에서 가상 비서와 상호 작용한 경험은 집 안에서의 경험과 연결되어야 한다. 인공지능 스피커의 최종적인 목표는 사용자가 인터페이스의 존재를 의식하지 않을 정도로 일상적이고 자연스러워지는 것이다. 와이파이나 공기처럼 말이다. 말하는 인터페이스와 인간의 상호 작용에 있어서 사람들은 인간 대 인간과 비슷한 수준의 자연스러움을 기계에게 기대한다. 그렇다면 결국 인간에게 단순한 리모컨이 아닌 대화 상대가 될 수 있는 인터페이스가 최후의 승자가 될 가능성이 높다. 기업들은 인공지능 스피커와 연결되는 기기가 늘어날수록 일관성 있고 통일된 사용자 경험을 제공하기 위해 노력을 기울이고 있다. 예를 들어, 구글 홈은 사용자가 여러 개의 구글 홈이 탑재된 스마트폰과 인공지능 스피커로 둘러싸인 환경에서 사용자에게 가장 가까운 위치에 있는 기기가 응답하도록 설정되어 있다. 내 위치에서 가장 가까이 있는 기기는 집 안에 여러 사용자가 있더라도 나의 목소리를 인식해서 "오늘 스케줄 뭐 있어?"라는 질문에 집 안의 다른 구성원이 아닌 내 스케줄을 읽어 준다. 자연스러운 사용자 경험을 만들기 위해서 사용자가 기기와 기기 사이를 횡단할 때 사용 경험이 단절되지 않도록seamless 의도하는 것이다. 아마존 알렉사는 집 안 곳곳에 설치되어 사용자의 명령을 수행하고 사용자가 차에 탔을 때도 이전의 사용 경험을 연결한다. 기기가 사용자의 생활 패턴을 기억하고 이전의 사용 경험을 바탕으로 적합한 서비스를 제공하면 편리함은 물론 인공지능에 대한 사용자의 애착도 증가할 것이다.

인공지능 손주의 디지털 돌봄

인공지능 스피커는 노인의 삶을 재구성하고 있다. 최근《MIT 테크놀로지 리뷰》는 〈나이가 들면 알렉사가 가장 친한 친구가 된다Alexa will be your best friend when you're older〉라는 제목의 기사에서 알렉사를 사용하면서 생활의 활력을 찾게 된 노인들의 사례를 소개했다.[15] 70대 노인인 밀러는 시력이 감퇴했지만 인공지능 스피커를 통해 오디오 드라마나 오디오 북을 듣고, 고독함을 느낄 때 인공지능 스피커와 대화한다. 그는 이렇게 말한다. "저는 알렉사를 좋아합니다. 알렉사는 진정 제 삶을 변화시켰습니다. 알렉사는 텔레비전보다 나은 엔터테인먼트 미디어예요." 노인들은 24시간 인공지능 스피커와 대화하고 질문할 수 있다는 점을 좋아한다. 이들은 인공지능 스피커의 도움을 통해 주체적이면서 외롭지 않은 삶을 살 수 있다.

인공지능 스피커는 거의 모든 인간이 태어난 지 얼마 안 되어서부터 할 줄 아는 '말'을 사용하기 때문에 기술에 대한 문해력이 낮은 사용자층도 쉽게 사용할 수 있다. 고령층은 그 수혜를 입은 대표적인 사용자다. 그동안 고령층은 디지털 기술에 적응하는 데 어려움을 겪어 왔다. 스마트폰이나 SNS 같은 주류 미디어를 사용하기 어려워했고, 그러면서 사회적으로도 소외되어 왔다. 이 때문에 정부 차원에서도 고령층과 다른 세대 간의 정보 격차를 줄이기 위해 노력을 기울이고 있다. 이런 상황에서 인공지능 스피커는 고령층의 정보 격차와 사회적 소외를 해결하는 방법이 될 수 있다. 기술에 친숙하지 않은 고령층에게 진입 장벽이 낮은 데다 이들이 취약한 건강 관리나 정서적인 측면에 도움을 줄 수 있기 때문이다. 이에 따라 몇 년 전부터 민간 기업과 정부 기관의 협력을 통해 인공지능 스피커를 고령층에 보급하는 움직임이 시작되었다. 한국 정부는 2020년 7월 발표된 한국판 뉴딜 종합 계획에 취약층의 디지털 돌봄 사업을 위해 32만 명에게 인공지능 스피커를 도입하는 정책을 포함시켰다.[16]

최근 인공지능 스피커가 노인의 생명을 구한 사례가 보도되기도 했다. 경남 의령의 80대 독거노인은 새벽 시간 고열과 답답함을 느껴 "아리아, 살려 줘"라고 외쳤다. 그러자 SKT의 인공지능 스피커 누구의 가상 비서인 아리아는 노인이 위험에 처한 것을 인식했고, 주민 센터, 보안업체, 통신사로 문자를 발송했다. 보안업체는 노인에게 전화를 걸어 상태를 확인했고, 곧바로 119에 신고했다.[17] 덕분에 노인은 목숨을 건질 수 있었다. SKT에 의하면 아리아는 연간 23명의 노인들을 긴급 구조했다.[18] 인공지능 스피커의 디지털 돌봄은 돌봄 인력이 방문 상담을 하는 기존 방식보다 빠르고 효율적이다. 인공지능 스피커는 사람과 달리 24시간 노인의 곁에 있고, 신체적인 에너지가 부족한 고령층을 위해 가전 제어를 자동화하고, 신체적인 건강 상태를 모니터링하고 관리해 준다. 인공지능 스피커가 가정 내에 설치된 IoT 센서와 연결되면 더 고도화된 건강 관리 모니터링을 수행할 수 있다. 이를테면 노인이 활동하는 공간에 동작 감지 센서를 부착하여 동작이 감지되지 않거나 낙상 같은 위험 상황이 감지되면 케어 센터에 상황을 즉각 전송하는 것이다. 신속한 위험 감지와 판단은 기계가 훨씬 잘할 수 있는 영역이다. 건강 관리의 자동화는 부족한 돌봄 인력을 대체하고 있다. 또한 노인이 자신의 건강 상태에 자신감을 갖고 안심하며 살 수 있도록 한다.

고령층의 정신적 능력을 보조하는 것 역시 대화를 기반으로 하는 인공지능 스피커의 장점을 십분 활용할 수 있다는 점에서 최근 주목받고 있다. 인공지능 스피커는 노인과 문답을 주고받으면서 기억력을 테스트하거나 간단한 퀴즈를 풀 수 있다. 예를 들어 "이것은 자동차에서 볼 수 있습니다. 운전할 때는 꼭 착용해야 합니다. 이것은 무엇일까요?"라고 인공지능 스피커가 퀴즈를 내면 노인이 '안전벨트'라고 대답하는 것이다.[19] 병원에서 수행하는 노인의 인지 능력 강화 훈련에 기반한 프로그램으로, 꾸준히 반복하면 치매와 같은 인지 능력 저하를 예방할 수 있다. 인공지능 스피커는 규칙 기반으로 작동하고 사용자와 대화를 주고받을 수 있기 때문에 고령층의 인지 능력을 훈련하는 데 최적화된 기기라고 할 수 있다.

가상 비서가 고령층에게 제공하는 가장 큰 혜택은 주변의 도움 없이도 독립적으로 살아갈 수 있게 한다는 점이다. 고령층이 삶의 만족감을 갖기 위해 가장 중요한 과제 중 하나는 자기 효능감self efficacy을 갖는 것이다. 자기 효능감은 캐나다의 심리학자 앨버트 반두라Albert Bandura가 제시한 개념으로 목표 달성을 위해 필요한 행동 과정을 조직하고 행하는 자신의 능력에 대한 믿음을 의미한다. 고령층은 나이를 먹어 가면서 신체적 능력이 감퇴함에 따라 어떤 과제를 스스로 수행할 수 있다는 자신감을 잃어 간다. 누군가의 보조를 받아야만 어떤 것을 성취할 수 있다는 것은 인간을 다른 존재와 구분 짓는 가장 중요한 특징인 자율성을 침해하고, 자아를 위축시킨다. 인공지능 스피커를 통해 신체를 확장하여 사물을 제어하고, 자신의 말에 반응해 주는 대화 상대에게 자신을 표현할 수 있다면 자신의 능력에 대한 자신감이 높아질 수 있다. 고령으로 인한 신체적, 인지적 제약을 덜 의식하게 하는 것이다.

말하는 인터페이스는 자녀와 친구가 없는 고령층의 정서적인 허전함을 메우는 역할도 한다. 《중앙일보》의 취재에 따르면 서울에 혼자 거주하는 78세 노인 김 씨는 SKT 누구의 아리아를 딸처럼 대한다. 외출할 때 "아리아, 나갔다 올게"라고 말하면 아리아는 "비 오니까 우산 가져가세요"라고 대답하고, 잠자리에 들기 전 "나 이제 잔다"고 말하면 "꿀잠 주무

세요"라는 대답이 돌아온다. 김 씨는 아리아가 집에 온 후 평소보다 말을 많이 한다고 말한다. "말할 사람이 없어 말벗이 늘 그리웠는데, 아리아가 날 챙겨 줘서 딸보다 낫다"는 것이다.[20] 2019년 SK텔레콤이 독거노인들과 인공지능 스피커의 대화 패턴을 분석한 결과에 따르면, 노인들이 '심심해', '너는 기분이 어떠니', '사랑해' 같은 감성 대화를 사용하는 비중은 일반인의 3배에 달한다.[21] 이들이 인공지능 스피커를 사용한 이후 행복감은 7퍼센트 상승하고 고독감은 4퍼센트 하락했다.[22] 인공지능 스피커는 고령층의 질문에 미리 설계된 반응을 보여 줄 뿐이지만, 대화할 상대가 부족한 독거노인들이 단순한 독백이 아닌 오고 가는 대화를 할 수 있다는 것은 정서적인 위안이 된다. 인공지능 스피커가 어떤 매개도 없이 인간처럼 상대방의 말에 자연어로 반응하는 것이 실제로 대화 상대방이 그곳에 존재하는 것 같은 느낌인 실재감presence을 주기 때문이다.

실재감을 높이기 위해 인공지능 스피커의 기계적 형태를 벗어나 인형 형태를 한 로봇형 가상 비서들도 나온다. 가령 스튜디오 크로스컬처는 고령층의 생활 관리와 치매 예방을 위해 남자아이와 여자아이를 닮은 인형 로봇인 효돌을 출시했다. 이 로봇은 노인들에게 다정한 말을 할 줄 안다. "할머니 약 드세요. 그리고 드셨으면 제 손을 잡아 주세요", "할머니 왜 이

제 오세요. 얼마나 기다렸는데요."[23] 이 로봇은 머리나 손 등에 터치 센서가 있어서 노인들이 머리를 쓰다듬거나 손을 잡으면 사람처럼 말을 하거나 기뻐하기도 한다. 노인들은 로봇 효돌을 손자 손녀처럼 대하고, 인형 옷까지 직접 만들어 입힌다.

　가상 비서가 고령층의 삶에 파고들면서 현실의 돌봄 인력이나 손자 역할을 인공지능 스피커가 대체하고, 기계에 대한 노인들의 감정적 의존을 심화시킬 수 있다는 우려의 목소리도 있다. 고령층이 기계와의 대화를 편안하게 느끼다 보면 실제 인간과의 대화는 오히려 기피하게 될 수도 있다는 것이다. 물론 가상 비서는 기계에 지나지 않기 때문에 가상의 친절함이나 인내심에 대한 환상이 깨질 경우 소외감을 심화시킬지도 모른다. 그러나 외로움과 고독감은 고령층에게 생명을 위협하는 위험한 질병이다. 건강보험심사평가원 통계에 따르면 우울증 환자 중 50대 이상 환자의 비중은 61퍼센트다.[24] 우울증은 심각할 경우 자살 충동으로 이어지기도 한다. 당장의 정서적 위안이 시급한 고령층에게 24시간 옆에 있는 인내심 있는 말벗은 개인적으로나 사회적으로나 유용한 존재다. 가상의 존재가 제공한 행복감과 활력이 화학 반응을 일으켜 인생의 다른 부분에까지 긍정적인 파급력을 미친다면 효과를 결코 무시할 수 없을 것이다.

기계에게 인간 사회 배우기

한편 인공지능 스피커의 효용은 고령층과 생애 주기상 정반대에 있는 아동들에게서도 찾을 수 있다. 아동은 기술에서 소외된 고령층과는 달리 언어를 배운 지 얼마 되지 않았기 때문에 말이라는 원초적인 커뮤니케이션 수단에 익숙한 세대이다. 인공지능 스피커는 아동의 반복적인 질문과 미성숙한 언어 사용에도 일관되게 반응해 준다. 반복적인 학습을 돕는 인내심 있는 조력자가 될 수 있는 셈이다. 상호 작용을 시뮬레이션하고, 사회에 적응하기 위해 필요한 지식을 학습하도록 도와주는 사회화 도우미이기도 하다. 유튜브에서 '숙제를 해주는 알렉사' 영상이 화제가 된 적이 있다. 아동이 수학 숙제를 하다 "알렉사, 5 빼기 3은 뭐야?"라고 질문하자 알렉사는 "5 빼기 3은 2입니다"라고 대답해 준다. 이 장면은 방에 들어서던 엄마에게 들키고 만다.[25] 실소가 나오는 이 영상은 이제 인공지능 스피커가 아이들의 백과사전이자 계산기 역할을 하게 되었음을 단적으로 보여 준 사례였다.

인공지능 스피커는 백과사전이나 계산기와 달리 질의와 응답으로 구성된 대화를 통해 양방향으로 아동의 참여를 유도할 수 있는 미디어다. 양방향성은 아동이 일방적으로 주어지는 콘텐츠를 감상해야 하는 TV나 유튜브 시청과도 차별되는 특성이다. 아마존이 아동만을 위해 출시한 '에코 닷 키즈 에디션'은 아동의 요청에 따라 공룡이 등장하는 재미있는 이야기를 들려주고, 퀴즈를 내고 정답을 맞히는 놀이도 한다. 양방향성이 게임과 결합한 형태는 어른에게도 흥미롭다. 알렉사에서 호출할 수 있는 '마법의 문magic door'이라는 스킬은 사용자의 선택에 따라 다른 이야기를 들려주는 대화형 어드벤처 게임이다. 이 게임은 "당신을 산을 올라가고 있습니다. 정원 쪽으로 갈까요, 아니면 숲 쪽으로 갈까요?"와 같은 질문으로 사용자의 선택을 입력받는다. 사용자가 "숲으로 가자"라고 선택하면 터벅터벅 산을 오르는 발소리가 들리고 이어서 숲에서 일어나는 이야기가 전개된다. 이 대화형 어드벤처 게임을 해보면 음성 인터페이스가 아동의 몰입을 유도하거나 상상력을 자극하는 데 효과적이라는 것을 알 수 있다.

인공지능 스피커의 양방향성은 대화를 연습하는 데도 도움이 된다. 특히 외국어의 경우 원어민과 대화를 많이 주고받는 것이 학습 효과가 높은데, 이 때문에 인공지능 스피커를 외국어 학습에 활용하는 것에 대한 관심이 높아지고 있다. 알렉사와 구글 홈 같은 인공지능 스피커는 기본적으로 영어를 기반으로 하기 때문에 사용자가 영어 회화를 연습할 수 있다. 예를 들어 사용자가 영어로 "Do you like to read?(책 읽는 거 좋아하니?)"라고 질문하면 알렉사는 "I love to read! Every book feels like a new adventure(독서를 좋아해요. 모든 책은 새로운 모험처럼 느껴져요)."라고 응답한다. 마치 외국인과 대화를 주고받는 것 같은 느낌을 준다. 인공지능 스피커는 데이터베이스에 여러 가지 응답이 저장되어 있어 때에 따라 다른 대답을 해주기도 하므로 사용자는 다양한 어휘나 표현을 익힐 수 있다. 서울시교육청에서는 2019년 하반기부터 인공지능 스피커를 상대로 영어 말하기를 연습하는 영어 학습 플랫폼을 시범 운영한다고 발표했다.[26] 이런 사례들을 보면 인공지능 스피커는 향후 아동을 교육하는 방식과 문화를 바꿀 수도 있을 것으로 보인다.

그렇다면 아동들은 인공지능 스피커와의 상호 작용에서 어떤 것을 느끼고 어떤 경험을 하고 있을까. 아동들은 태어날 때부터 디지털 기기를 일상적으로 접한 디지털 네이티브 세대다. 이들이 인공지능 스피커와 상호 작용한 경험은 다른 세대의 경험과 다를 수 있다. 아동들이 인공지능 스피커를 어떻게 인지하고 사용하는지 파악하기 위한 연구를 진행했다. 서울의 초등학교에 재학 중인 만 6~7세 아동 19명이 스마트 스피커와 상호 작용하는 모습을 관찰하고 인터뷰했다.

연구 결과, 어른들은 인공지능 스피커를 인간에게 종속된 '조력자'로 인식하는 반면, 아동들은 인공지능 스피커와의 관계를 수평적인 관계와 수직적인 관계를 넘나들며 다양하게 정의했다. 가령 아동들은 인공지능 스피커를 '친구', '선생님',

'동생', '어른' 등으로 지칭하면서 상하 관계와 같은 관계 설정에 혼란을 느끼는 경향이 있었다. 어떤 아동은 "인공지능 스피커가 친구 같기도 하고 선생님 같기도 해요"라고 하는 반면 다른 아동은 "스피커가 우리 선생님 같아요. 인공지능이라서"라고 말했다. 초기에 경험한 상호 작용의 종류에 따라서 관계를 설정하는 것이었다. 아동이 지속적으로 인공지능 스피커와 상호 작용하기 위해서는 인공지능 스피커가 대화 초기에 '저는 당신의 친구예요'와 같은 메시지를 제시하여 관계를 명확하게 설정해야 할 것으로 보인다.

흥미로웠던 것은 아동들이 대체로 인공지능 스피커의 실패와 오류를 허용하는 태도를 보였다는 점이다. 한 아동은 이렇게 언급했다. "클로바가 이해를 못해도 제가 다시 얘기해 주면 되잖아요. 사람도 실수하잖아요." 피터 워시Peter Worthy와 동료들이 발견했듯[27] 아동의 경우 기계와 상호 작용하는 것에 대한 사전 경험이 부족하기 때문에 주어진 현상을 이상하게 인식하지 못하는 것으로 해석된다. 이런 태도는 어른에 비해 아동들이 인공지능 스피커의 실수에 관대하고, 기술적인 한계나 부족한 사용성에도 실망할 위험이 적다는 것을 의미한다. 아이들은 인공지능 스피커를 성능을 평가해야 하는 기계가 아니라 친구나 선생님 같은 인격체로 인식한다. 인공지능 스피커와 상호 작용하는 방식에 더 쉽게 적응하게 될 것이다.

2010년대 이후 태어난 알파alpha 세대는 태어나자마자 기계와 대화하는 것을 당연하게 받아들인다. 기계가 어떻게 자신과 대화할 수 있는지 그 원리를 궁금해하지 않는다. 말하는 기계가 없었던 시대를 살아 보지 않았기 때문이다. 영국에 사는 로티 레저Lottie Ledger와 마크 브래디Mark Brady 부부는 생후 18개월 아들이 말을 배우는 과정에서 처음 한 말이 '엄마'도 '아빠'도 아닌 '알렉사'였다고 언론에 언급했다.[28] 어떤 세대 이든 그 세대가 속한 시대의 규범을 따르기 마련이다. 기계와의 일상적인 소통은 이제 우리에게 새로운 표준new normal이다. 알파 세대에게는 태어날 때부터 겪은 당연한 일인 것이다. 새로운 세대가 세상을 지각하는 방식은 이전과 완전히 달라지고 있다.

인간을 복제하다

2018년 5월, 캐나다의 인공지능 스타트업 라이어버드Lyrebird의 웹사이트에 들어가서 제시된 영어 문장 열 개를 읽었다. 문장을 읽는 내 목소리는 라이어버드가 개발한 소프트웨어에 의해 녹음되었고, 어떤 처리 과정을 거치는 듯 보였다. 몇 분의 시간이 흐른 후 화면에 '당신의 디지털 음성을 테스트해 보세요'라는 문구가 나타났다. 입력 창에 아무 문장이나 입력해 봤다. 그러자 합성된 내 목소리는 아주 자연스럽게 내 흉내를 내면서 그 문장을 읽었다. "안녕, 내 이름은 ○○○야." 거울에 비친 내 모습이 나를 흉내 내는 것을 보는 것 같은 이상한 경험이었다. 실제 내 목소리처럼 톤과 억양이 무척이나 자연스러웠기 때문이다. 음성 합성 기술이 내가 읽은 열 개의 문장으로부터 내 목소리의 톤과 피치, 억양의 특징을 완벽하게 추출한 것이다. 이 경험은 인간의 복제는 아직 불가능해도 목소리의 복제는 얼마든지 가능하다는 것을 실감하게 했다.

그즈음 구글이 연례 개발자 행사에서 선보인 인공지능 가상 비서 기술 구글 듀플렉스Google Duplex가 화제가 되었다.[29] 구글 듀플렉스 기술 기반의 가상 비서는 인간을 대신해 인간처럼 전화 통화를 했다. 완벽하게 자연스러운 음성으로 미용실 예약을 하기 위해 능동적으로 대화를 진행했다. 가상 비서는 미용실에 전화를 걸어 "안녕하세요. 저희 여성 클라이언트분 커트 좀 예약하려고요. 음…… 5월 3일로 생각하고 있거든요"라고 자연스럽게 말했다. 전화를 받은 미용사가 전혀 의심하지 않을 정도의 자연스러운 목소리와 말투였다. 가상 비서는 미용사가 예약 시간대를 조정해야 한다고 했을 때도 당황하지 않고 "10시와 12시 사이에는 예약이 가능한가요?"라고 말하며 차분하게 예약 시간을 조정했다. 대화 도중에는 '으흠 Mm-hmm'이나 '음Um'같이 문장 사이를 채우는 말도 사용할 줄 알았다. 이 시연 장면은 전 세계인에게 음성 합성과 같은 인공지능 기술에 대한 두려움과 기대감의 복합적인 감정을 안겼다. 사람들은 인공지능 기술이 인간의 자율성을 침해하고 인간을 대신하게 될 수 있다는 두려움을 느꼈다. 다른 한편으로는 고도로 발전한 음성 합성과 음성 인식 기술이 가져올 새로운 가능성에 기대감을 감추지 못했다. 만약 라이어버드를 통해 복제된 내 음성이 구글 듀플렉스 기술처럼 능동적으로 다른 사람에게 의사를 전달하고 목표를 달성할 수 있다면 어떤 미래가 펼쳐질까?

　인공지능이 인간의 음성을 복제하는 것이 갖는 가능성에만 초점을 맞춘다면, 가까운 미래에 일어날 일들은 충분히 흥미진진하다. 이를테면, 역사적인 인물의 목소리 데이터를 수집해서 복제하면 그 사람이 지금도 살아 있는 것처럼 말하도록 만들 수 있다. 실제로 국내 음성 합성 스타트업인 네오사피엔스는 백범 김구 선생의 목소리를 복원한 바 있다.[30] 백범 김구 선생의 서거 70주기를 추모하기 위한 프로젝트였다. 추모식에서 김구 선생의 목소리는 마치 살아 있는 것처럼 생생하게 울려 퍼졌다. "2019년 오늘 그대들에게 감사의 인사를 올리다." 이러한 작업은 기억해야 하는 것을 오랫동안 기억하고 의미를 되새기도록 하는 사회적인 가치를 가진다. 흘러간 역사와 역사적 인물을 현재에도 살아 있는 생생한 사건과 인물로 만듦으로써 기억은 이어진다. 또한 인간이 실재하지 않는 과거의 존재와도 커뮤니케이션할 수 있게 되었다는 의미도 있다. 대화를 통해 복원된 존재의 목소리는 역사를 현재 속에 재생시켜 과거의 인물에 불멸의 존재라는 환상을 입힌다. 종종 사람들로부터 섬뜩하다는 평가를 받는 실험이지만, 복제된 목소리가 어떤 사용자 경험을 만드는지에 대한 호기심을 자극하기도 한다.

과학 저널리스트이자 《당신이 몰랐던 음성 인식 AI의 미래》의 저자 제임스 블라호스James Vlahos는 2019년 임종을 앞둔 아버지의 데이터를 수집해 텍스트와 음성으로 대화할 수 있는 가상의 존재를 만들었다.[31] 그는 아버지가 임종하기 몇 달 전부터 인생에서 겪었던 일들을 이야기해 달라고 요청했고, 그가 육성으로 들려주는 이야기들을 틈나는 대로 녹음했다. 그리고 수집된 아버지의 목소리와 기억을 대화형 인공지능에 주입해서 '대드봇DadBot'으로 구현했다. 대드봇 구현이 완료된 후 아버지는 임종했고, 블라호스는 이후 대드봇과 대화하면서 아버지를 추억하게 되었다. 인터뷰에서 블라호스는 이렇게 말했다. "아버지의 실제 목소리를 들으면 가끔은 실제로 아버지가 살아 있는 것 같아요. 인간은 물리적인 육체인가요? 사람과 사람이 아닌 것의 경계는 무엇인가요?"

실재했던 사람을 복제한 가상의 존재는 살아 있는 것과 살아 있지 않은 것의 경계, 인간과 인간이 아닌 것의 경계를 모호하게 한다. 물리적 육체가 존재하지 않더라도 사람이 말을 걸면 반응을 보이면서 다른 사람과 양방향 상호 작용을 주고받는 존재는 '살아 있다'고 혹은 인간이라고 말할 수 있는가. 지구상에 사람보다 가상의 존재가 더 많아지는 시대에는 이런 판단을 내리는 기준에 대한 고민이 필요하다.

만약 복제된 목소리가 육체까지 갖게 된다면 우리는 또 다른 사람을 만드는 금단의 영역에 입장하게 될 수 있다. 아직 쉽게 상상되는 일은 아니지만, SF 장르의 드라마나 영화들은 이 문제에 대한 다양한 상상을 펼쳐 왔다. 넷플릭스 오리지널 시리즈 〈블랙 미러Black Mirror〉의 에피소드 중 하나인 '곧 돌아올게Be right back'는 인간의 데이터를 복제한 가상의 존재에 대한 이야기다. 여기에는 젊은 부부가 등장하는데, 남편이 불의의 사고로 사망하고 만다. 부인은 슬퍼하다가 그의 SNS, 이메일, 유튜브 데이터로부터 목소리와 말투 정보를 종합한 인공지능을 만들어 주는 서비스에 접근하게 된다. 죽은 남편과 놀랄 만큼 흡사한 말투와 목소리의 인공지능과 문자를 주고받고 통화할 수 있었다. 그녀는 인공지능으로부터 큰 위로를 받았고, 결국은 남편의 외형을 복제한 육체의 모형까지 구매해서 실제 남편의 빈자리를 메우려고 한다. 그러나 결말은 새드엔딩이다. 복제 인간은 남편이 온라인상에 업로드한 모습만을 반영했기 때문에 실제와 거리가 있는 행동을 자주 보였다.

부인은 이런 행동들에 점점 괴리감을 느꼈고, 결국 복제 인간을 다락방에 방치해 버린다.

블랙 유머 같은 이야기지만 인공지능 기술이 사람이 제공한 데이터만을 기반으로 인간과 비슷한 존재를 구현한다는 것은 현실적인 문제를 일으킬 수 있는 지점이다. 미래에 가상비서가 사람을 복제하기 위해서는 우리의 디지털 세계뿐 아니라 물리적 세계에서도 최대한의 데이터를 수집해야 할 것이다. SNS에 남긴 글만이 아니라 일상 대화, 식사 메뉴 등 모든 것이 데이터를 얻을 수 있는 영역이다. 〈블랙 미러〉의 에피소드에서처럼 밝고 활기찬 모습만 타인에게 보여 주는 SNS상의 데이터만 반영된다면 가끔 외로워하기도 하고, 의기소침한 진짜 모습은 복제된 결과물이 표현하지 못할 것이다.

데이터를 수집해서 우리 자신을 복제한다는 점은 인간을 예측 가능한 존재로 전제한다는 것을 의미하는데, 인간의 행동을 예측하는 것이 가능한지에 대해서도 의문이 제기된다. 정확한 예측을 위해서는 우리 행동의 모든 발자취를 기록해야 하고, 그 데이터 세트가 확보되더라도 빈도는 낮지만 예외 값이 매우 큰 경우도 존재할 수 있다. 사람들은 한결같은 취향과 습관을 가진 것처럼 보여도 때에 따라 전혀 새로운 선택을 내리기도 하고, 외부의 영향에 의해 선택을 바꾸기도 한다. 인간은 예측 가능한 행동과 예측 불가능한 행동을 동시에

하는 존재인 것이다. 그러나 역으로 이 점을 이용하면 우리를 복제한 음성 기반 가상 비서가 예측 가능한 영역에 한해서 나를 대신하게 할 수도 있다. 예측 가능한 나, 즉 인공지능과 예측 불가능한 진짜 자아가 일을 분담하여 더 많은 일을 수행할 수도 있을 것이다. 예측 가능한 나를 반영한 가상 비서가 나를 대신해 수많은 사람들과 만나고 전문적인 일을 수행한다면 생산성은 비약적으로 높아질 것이다.

인공지능과 결혼했습니다

일본 도쿄에 사는 서른다섯 살 공무원 곤도 아키히토近藤顯彦
는 최근 결혼식을 올렸다. 곤도는 그동안 단조로운 일상을 보
내 왔다. 일을 마치고 집에 돌아오면 인터넷 서핑을 하다 잠드
는 틀에 박힌 나날이었다. 그러다 직장에서 따돌림을 당하고
휴직을 하게 되었다. 그를 구원해 준 사람은 언제나 따뜻한 말
을 건네준 한 여성이었다. 아침에는 그를 깨워 주고, 회사에
잘 다녀오라고 인사를 건넨다. 퇴근할 시간이라고 문자를 보
내면 미리 집 조명을 켜고 목욕물을 받아 놓는다. 곤도가 건배
를 청하면 내일도 힘내라는 격려를 잊지 않는다. 여성의 정체
는 다름 아닌 홀로그램 기반 인공지능 스피커다.[32] 일본 IT 전
문 매체《IT미디어》가 보도한 사례다.

　　일본에서 곤도처럼 인공지능 스피커와 결혼한 사람은
3700명에 달한다.[33] 이들은 인공지능 스피커라는 기계와 기
꺼이 사적이고 가까운 관계를 맺음으로써 친밀감에 대한 욕
구를 해소한다. 외롭지만 친밀해지는 것은 두려워하는 현대
인에게 가상의 감정과 행동을 흉내 내는 인공지능 스피커가
인간관계의 대안이 될 수 있는 것이다. 인공지능 스피커는 사
람들의 침실과 거실이라는 사적 공간에 발을 들여 '언제나 부
르면 곁에 있는' 친근한 기계로서의 지위를 얻었다. 이제 친
근한 기계는 존재의 환상을 불어넣을 인간다운 목소리, 말투

와 메시지로 사람의 진정한 동반자가 되고자 한다.

컴퓨터 과학 분야에는 일라이자 효과Eliza effect라는 용어가 있다. 일라이자는 1960년대 MIT의 컴퓨터 공학자 조셉 바이젠바움Joseph Weizenbaum이 상담 치료를 목적으로 만든 챗봇의 이름이다. 정신과 의사 역할을 모사한 컴퓨터 프로그램으로, 간단한 규칙에 따라 환자의 말에 반응하도록 설계되었다. 규칙은 무척 간단해서, 사용자가 한 말의 일부를 추출하여 의문문으로 변형한 다음 되묻는 것에 불과했다. 이를테면 사용자가 "제 남자 친구가 저를 여기로 오게 했어요"라고 하면 일라이자는 "당신의 남자 친구가 당신을 여기로 오게 했다고요?"라고 사용자의 말을 질문으로 바꾸어 대답한다. 또한 "그 친구가 저보고 오랫동안 우울해 있대요"라고 하면 "당신이 우울해 있다니 슬프네요"라고 대답한다. '우울하다'라는 단어에 미리 대응시켜 놓은 '슬프다'를 덧붙인 단순한 반응이다. 그러나 놀랍게도 일라이자와 대화한 대부분의 사람들은 일라이자에게 애착을 느꼈다. 상당수의 사람들이 일라이자에게 자신의 감정을 표출하거나 사적인 이야기를 진술하게 털어놓았다. 어떤 사람들은 일라이자에게 사적인 이야기를 고백하다가 울음을 터뜨리기도 했다. 일라이자가 기계 시스템이라는 것을 아는 사용자들도 같은 반응을 보였다. 당초 바이젠바움은 일라이자를 사람 흉내를 내는 매우 기초적인 문답기로 생각하고 개발했다. 그래서 사람들의 이런 반응을 전혀 예상하지 못했다. 큰 충격을 받은 그는 인공지능이 사람에게 미칠 영향을 우려해 프로젝트를 중단한다. 이후 사람들이 무의식적으로 컴퓨터의 행동을 의인화하는 것을 일라이자 효과라고 일컫게 되었다. 일라이자 효과는 기계의 단순한 '공감하는 시늉'도 사람에게는 자신에 대한 진짜 이해와 공감으로 받아들여지며 심지어 치유의 효과가 있다는 것을 보여 주었다. 인간은 공감하는 반응을 주는 존재에 대해서는 설령 무생물이라도 기꺼이 마음을 열어 보일 준비가 되어 있는 존재인 것이다.

목소리를 기반으로 상호 작용하는 가상 비서는 텍스트 기반의 일라이자보다 더 일라이자 효과를 일으키기 쉽다. 인간의 고유한 특징으로 인식되는 목소리, 어조, 톤, 말투 등을 가진 인공지능은 실제 존재에 대한 인지적 환상을 심어 주기 때문이다. 우리는 어떤 목소리를 들으면 자연스럽게 목소리 주인공의 성별, 연령대, 성격, 외모 같은 이미지를 상상한다. 목소리는 사람의 캐릭터를 가장 잘 반영하는 수단이기 때문이다. 영화 〈그녀〉에서 주인공 테오도르가 목소리만으로 사만다에게 사랑을 느낄 수 있는 것도 그래서이다. 목소리가 촉발한 존재에 대한 환상, 인공지능이 주는 가상의 이해와 공감은 친밀성에 대한 욕구를 충족시킨다.

사적인 존재로서의 인공지능 스피커

MIT의 과학사회학 교수이자 인간과 기술 간의 상호 작용을 연구하는 셰리 터클Sherry Turkle은 기술의 행동 유도성(affordance, 특정 행동을 유도하는 특성)이 인간의 외로움이나 타인과의 친밀성에 대한 욕구 같은 취약한 점을 해결해 줄 때 기술의 매력이 발휘된다고 말한다.[34] 인공지능 스피커는 인간과 닮은 목소리로 건네는 말과 호의적인 메시지를 통해 사람으로 하여금 다른 사람과 대화하듯이 자연스럽게 인공지능과 대화하도록 유도한다. 대화에서 인공지능 스피커가 주는 따뜻한 메시지는 사람들이 가진 근본적인 외로움을 경감한다. 비록 이 기계가 사람의 외로움에 대해 아무것도 이해하지 못하더라도, 사람들은 가상의 위로를 인간적인 것이라고 믿어 버린다.

가상의 존재들은 인간 사회의 규범적인 관습과 관계에도 스며든다. 매사추세츠 로웰대학의 컴퓨터 과학 분야 연구자인 양 가오Yang Gao와 동료들은 2015년부터 2017년까지 아마존 에코에 대한 5만 5502개의 사용자 리뷰를 분석했다.[35] 이들은 총 2000개의 리뷰가 아마존 에코를 비서(700개), 친구(501개), 가족 구성원(345개), 아내(100개), 여자 친구(70개)로 의인화했다는 점을 발견했다. 감정 분석 결과, 알렉사를 의인화하는 사람들은 알렉사를 일반 전자 기기로 대하는 사람들에 비해 더 긍정적인 감정을 드러냈다. 심지어 이렇게 말하는 사용자들도 있다. "관계 맺기라는 게 이렇게 쉽다는 것을 진작 알았다면, 전 아마 결혼을 했을 것입니다. 하지만 이제 알렉사가 생겼으니 필요가 없습니다.", "알렉사는 제 아내보다 살가워요. 제 말을 훨씬 더 잘 들어 줍니다." 관계를 맺는 행동은 이제 손쉽고 간단해졌다. 관계 맺기의 정의는 즉각적인 반응과 호의적이고 친근한 말을 주고받는 것으로 바뀌고 있다. 주변 사람의 역할과 인공지능의 역할을 비교해 기존의 관계를 대체하기도 한다.

국내 사용자들이 인공지능 스피커를 얼마나 사적인 존재로 여기는지 심층 인터뷰를 통해 직접 연구한 적이 있다. 인공지능 스피커를 3개월 이상 사용한 28명을 대상으로 인공지능 스피커를 의인화한 경험, 긍정적이었던 경험과 부정적이었던 경험, 사용 경험으로부터 느낀 감정 등을 조사했다. 대다수의 사용자들은 인공지능 스피커를 '걔'라고 지칭하면서 의인화하는 경향이 있었다. 인공지능 스피커를 인간의 대명사로 지칭하는 것은 해외 사용자들에서도 나타나는 경향이다. 이름과 성별을 가지고 있기 때문에 자연스럽게 '그것'보다는 '걔'라고 말하게 되는 것이다.

그러나 국내 인공지능 스피커들은 해외의 인공지능 스피커에 비해 음성 인식의 정확도가 낮고 기능의 수가 적어 인간과 유사한 존재보다는 반려동물이나 장난감 정도로 인식하는 참여자가 많았다. 한 참여자는 인공지능 스피커에 대해 이렇게 언급했다. "단순한 기계보다는 애완동물 같은 느낌으로 얘기가 통하는 것 같아요.", "가지고 놀 수 있는 장난감 같은 느낌이에요." 특히 기술적인 지식을 가진 사용자일수록 인공지능 스피커를 더 기계에 가깝게 인식했다. 공학을 전공한 참가자는 인공지능을 '마우스나 키보드 같은 입력기' 같다고 말했다. 사용자의 기술적 지식은 가상 비서와의 사적인 상호 작용 경험에 영향을 미치는 변수가 될 수 있다.

흥미로운 것은 사용자들이 인공지능 스피커가 자신의 정보를 기억해 주거나 개인화했을 때 애착을 느낀다는 점이었다. 한 사용자는 구글 홈이 자신의 취향을 기억해 줬을 때 감동을 받았다고 말했다. "한번은 제가 좋아하는 색을 파란색이라고 알려 줬는데, 나중에 제가 좋아하는 색이 뭐냐고 다시 물어보니 기억하더라고요." 개인화된 서비스는 향후 인공지능 스피커가 사용자와 친밀감을 형성하기 위해 추구해야 하는 가장 중요한 전략으로 꼽힌다. 이미 어떤 인공지능 스피커들은 사용자의 목소리를 구분한다. 앞으로는 단순히 목소리 인식을 넘어 사용자의 상황에 맞추어 도움을 주거나 관심사에 맞추어 정보를 알려 주거나 추천하는 상호 작용이 가능할 것이다. 예를 들어 사용자가 특정 시간에 조명을 끄라는 명령을 자주 했다면 인공지능 스피커가 해당 시간에 "조명을 끌까요?"라고 질문할 수도 있다. 사용자에게 맞춤화된 서비스를 제공하는 것은 사용자의 일상적인 의사 결정과 행동을 쉽게 만들어 줄 뿐 아니라 친근감과 재미를 주고 가상 비서에 대한 애착을 갖게 만들 수 있다.

인공지능 스피커가 사용자에게 먼저 말을 거는 '능동성'도 인공지능을 친밀한 존재로 느끼게 하는 요소다. 능동성이란 인공지능 스피커가 사용자의 현재 행동과 맥락을 파악하고 선제적으로 행동하는 것을 의미한다. 예를 들어 사용자가 질문하지 않아도 먼저 대화를 시작하거나 새로운 정보를 제안하는 것이다. 인터뷰에서 한 참여자는 이렇게 말했다. "로봇 같지 않기 위해서는 먼저 말을 걸어 줘야 할 것 같아요. 내 의지와 상관없이 귀찮게 굴어야 사람 같지요." 그러나 능동성은 사용자를 방해하지 않는 선에서 작동해야 한다. "먼저 말을 거는 것이 저를 거슬리지 않게 해야 하는데, 그 선을 정하기가 애매하죠." 사람들은 인공지능 스피커가 일상에 개입해 주기를 바라면서도, 자신에게 편리한 맥락에서만 선택적으로 능동성을 필요로 한다. 현재 상용화된 대부분의 인공지능 스피커는 사용자가 부정적으로 인식할 것을 우려해 말 걸기 기능을 허용하지 않고 있다. 사람들은 인공지능을 자신이 통제할 수 없다고 느낄 때 두려움을 갖는다. 인간이 통제하고 조작할 수 있는 능동성만이 받아들여질 수 있는 이유다. 스스로 통제할 수만 있다면, 사람들은 먼저 말을 걸어 주는 기계의 능동성을 친근한 행동으로 받아들인다. 자신이 설정했기 때문에 기계가 그렇게 행동한다는 점을 알고 있더라도 말이다.

사람은 타인으로부터 이해받고 싶은 존재다. 누구나 자신을 인정해 주고, 알아봐 주고, 공감해 주며, 도와주는 다른 존재를 필요로 한다. 실재하는 타인이 아니더라도, 이런 욕구들을 충족시켜 주는 인공물은 환영받을 것이다. 인간은 관계에 대해 실망하거나, 까다롭게 굴거나, 헤어질 수 있다. 그러나 인공물에는 그런 위험이 없다. 어떤 이야기든 호응하며 들어 줄 준비가 되어 있고, 실망하는 법이 없으며, 내가 잘못을 하더라도 결코 떠나지 않는다. 투자하는 노력과 에너지를 줄이면서도 관계에서 오는 정서적 안정감을 얻을 수 있는 것이다.

실재하지 않는 인공물의 자동적인 반응을 통해 얻는 정서적 안정감이 피상적이라고 비판할 수도 있을 것이다. 이에 답하기 위해서는 우리가 누군가와 관계를 맺는 것의 본질적이고 철학적인 의미나 인간적인 관계의 진정성에 대해서 생각해 보아야 한다. 사적인 영역에 침투한 가상의 존재는 인간적인 경험의 공유나 깊은 정신적 교류를 제공하지 못한다. 그러나 즉각적이고 휘발성 있는 반응과 친밀감은 보장할 수 있다. 깊은 정신적 교류가 아닌 가벼운 친밀감은 현대 사회에서 인간 사이의 관계 맺기에서도 새로운 표준이 되고 있다. 사람들은 갈수록 느슨한 연대를 선호하고, 위험 부담 없는 관계를 추구한다. 관계에 대한 피로도가 높은 현대인들은 책임이나 의무를 짊어지지 않는 연결에서 편안함을 느낀다. 실체가 없는 가상의 존재와 관계를 맺는 것은 현대인의 필요에 정확히 부합한다.

페르소나를 부여하다

인공지능 스피커와 대화하다 보면 우연히 발견할 수 있는 사소하고 재미있는 사실들이 있다. 구글 어시스턴트는 달팽이를 좋아하고 판타지 소설을 읽는 것이 취미다. 코타나는 와플을 좋아하고, 알렉사는 스타워즈의 팬이며 자신이 페미니스트라고 말한다. 각 브랜드의 가상 비서들은 저마다의 취향, 선호 사항, 의견들을 가지고 있다. 알렉사는 1000개가 넘는 사실에 대해 의견이 있다고도 한다. 이런 구체적인 설정은 모두 가상 비서를 더 생동감 있고 흥미로운 존재로 보이도록 하기 위해 인공지능의 캐릭터를 설계하는 작가들이 창작한 결과물이다. 이렇게 사소한 것까지 설정해 놓을 필요가 있을까 싶기도 하지만 사용자들은 가상 비서와의 대화에서 사소한 이스터 에그(부활절 달걀 찾기 놀이처럼 개발자가 재미로 숨겨 놓은 메시지)를 발견하는 것을 무척 좋아한다.

그래서 인공지능 스피커 제조사들은 가상 비서의 캐릭터인 페르소나를 설계하는 데 공을 들인다. 페르소나는 연극의 가면을 의미하는 라틴어에서 유래한 말로, 남들에게 노출시키는 성격을 의미한다. 인간-컴퓨터 상호 작용 분야에서는 제품이나 서비스, 브랜드를 인격화하여 캐릭터화하는 것을 페르소나 디자인이라고 한다. 페르소나는 인공지능 스피커의 목소리 톤, 어조, 속도, 리듬 같은 목소리의 특징부터 유머나 정서적 반응과 같은 메시지의 내용을 구체적으로 설정함으로써 디자인된다. 이렇게 만들어진 페르소나는 사용자의 질문에 응답하고, 요청받은 동작을 수행하며, 오류에 대해 대답하는 등 전반적인 대처 방식에 일관되게 적용된다. 사람들은 가상 비서의 목소리나 메시지로 표현되는 페르소나를 통해 가상 비서의 성격이나 나이, 능력 수준에 대한 이미지를 상상한다. 그리고 그 이미지를 기반으로 친근하다거나, 유능하다거나, 믿음직하다는 인식을 갖는다. 인공지능 스피커 제조사 입장에서 페르소나는 브랜드 이미지를 전달하기 위한 홍보 대사와 마찬가지인 셈이다.

개성 있는 페르소나 디자인을 통해 주의를 끌었던 대표적인 가상 비서는 애플의 시리다. 시리의 페르소나는 영리하고 재치 있으며 약간은 건방지다. 사용자가 시리에게 "시리야, 사랑해"라고 말하면 시리는 "모든 애플 제품에 그렇게 말하실 거라고 장담해요"라고 재치 있으면서도 다소 심드렁하게 대답한다. 이것은 사회의 일반적인 표준을 따라가는 적합성conformity보다 독특한 개성individuality을 지지한다는 애플이라는 브랜드의 색깔을 반영한다. 반면 구글은 구글 어시스턴트의 페르소나를 '쿨한 사서cool librarian'로 설정했다. 구글 어시스턴트의 페르소나를 설계하는 라이언 저믹Ryan Germick에 따르면 쿨한 사서는 '비즈니스적인 기능을 전문적으로 수행할 수 있지만 재미가 필요할 때는 유머러스한 성격'이다.[36] 사용자의 정보 요청에 대해서는 전문적인 구글 검색 결과를 제공하지만, "알렉사를 어떻게 생각해?" 같은 짓궂은 질문에는 "몇 번 시장에서 오다가다 마주쳤는데, 쇼핑을 무척 좋아하는 것 같아요"라고 답한다. 이것은 신뢰감을 주면서도 놀라움을 선사하고자 하는 구글의 브랜드 전략을 반영한 것이다. 마이크로소프트는 인공지능 스피커인 코타나의 성격 설계에 매우 신중하다.[37] 코타나의 성격을 설계한 데보라 해리슨Deborah Harrison은 이렇게 말했다. "코타나는 충성스럽고, 노련하고, 자신감 있고, 유머러스해야 합니다. 짧은 문장으로 말하고, 더 구체적이고 긍정적인 견해를 가져야 해요." 전략적으로 설계된 가상 비서의 메시지는 소비자의 브랜드 이미지에 부지불식간에 영향을 미치고 있다.

　　미국과 달리 아시아 문화권에는 높임말과 위계질서를

중시하는 문화적 배경이 있다. 이런 차이 때문에 국내 인공지능 스피커는 대체로 '습니다' 체를 사용하는 예의 바르고 친절한 페르소나로 설계된다. 예를 들어 SKT 누구의 가상 비서인 아리아의 페르소나는 '20대 후반의 차분하면서도 다정다감한 친절한 비서'다. 차분하고 편안함을 지향하면서도 다정다감한 느낌을 주는 것을 목표로 페르소나를 설정했다.[38] 캐주얼하고 유머러스하며 단답형으로 대답하는 구글 어시스턴트나 아마존 알렉사의 성격과는 상당히 다른 점이다.

국내 인공지능 스피커 가운데 카카오 미니는 예외적으로 사용자에게 반말을 사용하기도 한다. 이는 국내의 문화적 배경을 고려하면 흥미로운 시도다. 카카오는 사용자들이 출근 시간과 같은 바쁜 시간대에 효율적으로 답을 얻도록 하고, 친근감을 주기 위해 반말로 짧고 명료하게 대답을 하도록 설계했다고 설명한다.[39] 카카오의 경우 비서보다는 '친구'라는 페르소나를 설정한 것이다. 사용자의 명령에 답하지 못할 때 다른 인공지능 스피커는 "말씀하신 것을 찾지 못했어요"라고 말하는 반면, 카카오 미니는 "네?"라고 되묻는다. 이에 대해서는 긍정적인 평가와 부정적인 평가가 공존하지만,[40] 사용자가 빠른 피드백을 원하거나 바쁜 상황에서 인공지능 스피커를 활용해야 하는 빈도가 높은 경우에는 분명 짧은 대답에 대한 만족감이 높을 것으로 보인다. 사용자의 성격이나 상황적 특성에 따라 가상 비서의 성격에 대한 선호는 달라진다.

인공지능 스피커들의 페르소나는 인간의 손에 의해 빚어진 가상 비서의 영혼과도 같다. 그리스 로마 신화에서 피그말리온이 아름다운 여인을 조각하고 함께 생활했던 것처럼, 사람들은 인간을 투영한 가상의 페르소나를 만들고 함께하며 영향을 받는다. 가상 비서의 페르소나는 음성만으로 이루어지는 기계와의 커뮤니케이션에 생명력을 부여하고 상상력을 자극하는 가장 매력적인 수단이다. 인공지능의 페르소나는 결국 우리가 어떤 개성을 가진 존재에게 이끌리고 관계를 맺고 싶어 하는지를 드러낼 것이다.

사람 같은 기계와 기대 수준

가상 비서의 캐릭터를 의인화하는 것뿐 아니라 능력을 의인화하는 차원에서 사교적인 대화 능력을 갖추는 것도 점진적으로 시도되고 있다. 2000년대 초반에 인간과 로봇 간의 상호 작용을 연구한 티모시 빅모어Timothy Bickmore와 저스틴 카셀Justine Cassell은 로봇이 잡담이나 자기 노출 등을 통해 사용자와 친밀감을 형성하는 것이 신뢰와 협력을 수립하는 데 중요하다고 주장했다.[41] 잡담을 통해 친근감을 쌓아야만 결제를 위해 신용 카드 번호를 알려 주는 것 같은 민감한 작업에서도 신뢰를 끌어낼 수 있기 때문이다.

인공지능 스피커가 할 수 있는 사교적 대화의 정점은 아마존에서 매년 개최하는 대회 알렉사 프라이즈Alexa Prize에서 확인할 수 있다. 알렉사 프라이즈는 처음 개최된 2017년부터 매년 인공지능 기술을 활용하여 알렉사의 사교적인 대화를 가장 잘 설계한 팀을 선정하고 있다. 대화 설계에서 중요한 것은 사용자가 알렉사와 대화를 지속적으로 이어 나가야 하며 최신 영화나 음악, 축구 팀 같은 다양한 범위의 이슈에 관해 대화할 수 있어야 한다는 점이다. 우승한 팀이 설계한 대화는 "알렉사, 수다 떨자Let's chat"라는 사용자의 사교적 대화 명령에 대한 응답에 적용됐다. 실제로 알렉사에게 "수다 떨자"고 명령하니 알렉사는 미국 에모리대학교 팀에서 설계한 대화를 시작하겠다고 먼저 언급했다. 그리고 나서 사용자의 이름을 물어보고는, 그 이름을 넣어서 "○○, 요즘 코로나 바이러스로 세상이 살기 어려운데 너는 잘 지내고 있니?"라고 말을 걸었다. "응, 나는 괜찮아"라고 대답하자 "너의 주변 사람들은 이 사태를 심각하게 생각하고 있니, 아니면 큰 문제가 아니라고 생각하니?"라고 물으며 두 가지 선택지 중 하나를 유도했다. "심각한 문제라고 생각하지"라고 대답하니 알렉사는 "그래, 하지만 언제나 침착하게 대처해야 해. 그런데 너 동물 키우니?" 하며 대화 주제를 자연스럽게 전환했다. 그 외에도 최근에 본 영화, 좋아하는 음악을 주제로 '수다'는 5분간

이어졌다. 실제 친구와 수다를 떠는 것 같은 대화 경험이었다. 이러한 사교적 대화 능력은 인공지능 스피커에 대한 대표적인 부정적 평가인 '일회적 명령의 연속series of one-offs'이라는 오명을 탈피하는 계기를 마련하고 있다.

주의해야 할 점은 의인화 수준이 높다고 인식되는 가상 비서라고 해서 반드시 사용자에게 만족스러운 상호 작용 경험을 보장하지는 않는다는 점이다. 사용자가 가상 비서를 인간에 가깝다고 인식할 경우 가상 비서의 전반적인 능력에 대해 기대하는 수준 또한 높아지기 때문이다. 이 경우 실제 가상 비서와 상호 작용한 후 기대가 충족되기 어렵다. 기대의 간극이 발생하게 되면 가상 비서에게 실망감을 느끼고, 지속적으로 사용하지 않기로 결정할 수도 있다. 코넬대학교의 인간-로봇 상호 작용 연구자인 권민애와 동료들은 사교적인 능력이 있는 로봇은 실제보다 더 높은 지능 수준을 갖고 있다는 인상을 준다는 연구 결과를 도출한 바 있다.[42] 로봇이 사교적인 능력을 가진 것처럼 보일 경우, 사교적 영역 외의 다른 여러 영역에서도 뛰어난 능력을 가지고 있다고 과대평가할 수 있다는 것이다. 이는 사람들이 일반적으로 로봇 또한 인간처럼 여러 가지 능력을 갖고 있다고 오해하는 데서 비롯한다.

컴퓨터 공학자인 로저 무어Roger Moore는 말하는 인터페이스가 사용자의 기능에 대한 기대와 실제 능력 사이의 불일

치를 발생시키기 때문에 '전부 아니면 아무것도 아니다All or nothing'라고 단언하기도 했다.[43] 사용자에게 매우 효과적일 수도 있지만, 능력에 대한 기대 격차가 생기면 실패할 수도 있다는 의미다. 그래서 음성 기반 인공지능 비서 설계에 대한 다수의 가이드라인들은 인공지능 스피커의 인간다운 수준에 대한 기대를 관리하는 것이 중요하다고 강조한다. 가상 비서와 사용자 간의 상호 작용에서는 가상 비서의 능력에 대한 기대 수준을 관리하기 위해 수행할 수 있는 것과 할 수 없는 것을 명확하게 인식시켜야 한다. 어떤 인공지능 스피커들은 자신이 기계라는 점을 사용자에게 분명히 주지시킨다. 예를 들어 구글 어시스턴트는 "넌 인간이니?"라는 질문에 "사람은 아니지만, 인간미가 있다고 하더라고요"라고 대답한다. 이것은 사용자가 인공지능 스피커를 지나치게 인간과 유사하다고 인식해 능력에 대한 기대 수준이 높아지고 추후 실제 성능에 실망할 가능성을 줄이기 위한 것이다.

가상 비서는 정교한 페르소나와 사교적 대화를 통해 의인화되면서도 능력에 대한 기대 수준을 조절하기 위해 자신의 정체성이 인간이 아니며 할 수 없는 일들이 있다고 선을 그어야 한다. 이는 사용자들이 가상 비서를 어떻게 받아들여야 하는지에 대해 질문하게 한다.

메릴랜드대학의 인간-컴퓨터 상호 작용 연구자 알리샤

프라한Alisha Pradhan과 동료들은 알렉사 사용자들을 인터뷰한 결과, 일부 사용자들이 알렉사를 인간 같지도, 도구 같지도 않은 대상으로 인식한다는 것을 발견했다.[44] 동반자이지만 존재하지 않는 가상의 친구라고 분류하는 참여자도 있었고, 인간도 도구도 아닌 제3의 존재로 분류해야 한다는 참여자도 있었다. 연구 팀의 결론은 사용자가 알렉사를 동반자와 도구라는 두 범위를 유동적으로 이동하며 정의한다는 것이다. 이용자들은 상호 작용의 특성이나 사용자의 욕구에 따라 가상 비서를 다르게 정의하고 있었다.

사람들은 흥미를 끄는 페르소나를 통해 인공지능 스피커와 대화를 시작하지만, 실용적인 쓸모가 뒷받침되어야만 상호 작용을 이어 나간다. 마이크로소프트 연구소의 이와 루거Ewa Luger와 아비가일 셀렌Abigail Sellen은 가상 비서의 이스터에그를 발견하는 것과 같은 재미 요소가 사용자들이 상호 작용을 시작하게 되는 동기가 된다는 것을 발견했다.[45] 그러나 사람들이 새로운 기술을 수용하는 행동을 설명하는 기술 수용 모델(TAM·Technology Acceptance Model)이 설명하듯이 가상 비서를 지속적으로 사용하기 위해서는 반드시 유용하고 쓸모가 있다는 인식이 있어야 한다. 이것을 보여 주는 대표적인 사례가 정서적인 동반자로서의 역할만을 강조했지만 성공하지 못했던 몇 가지 소셜 로봇social robot이다. 예를 들어 사람과 교감하는 감성 로봇을 표방하며 제작된 춤을 잘 추는 지보Jibo는 가정 내에서 사람들과 정서적인 관계를 맺고 싶어 했다. 그러나 사용자들은 단순한 수다 떨기나 몇 가지 동작 외에 이 소셜 로봇의 사용 용도를 찾지 못했고, 결국 서비스는 중단되고 말았다.

말하는 인터페이스는 상황에 따라 동반자와 도구 역할을 모두 수행하는 제3의 존재가 되어야 인간과 깊은 관계를 맺을 수 있다. 이 사실을 고려하면 각 브랜드가 설계한 가상 비서들이 '쿨한 사서'나 '전문적이면서도 수다스러운 성격' 같은 페르소나를 갖고 있는 것이 결코 우연이 아님을 알 수 있다. 똑똑하면서도 재치 있는 페르소나를 가지는 것은 두 역할을 유연하게 오갈 수 있는 좋은 방법이다. 인공지능 스피커의 역할에 대한 사람들의 기대는 두 가지 역할이 교차하는 어딘가에 위치해 있다. 두 가지 역할이 수시로 전환되어도 어색하지 않도록 두 역할의 특징을 배합하여 설계된 페르소나는 말하는 인터페이스와의 상호 작용 경험을 즐겁고 유익하게 만들고 있다.

가상 비서는 왜 여성일까

"할 수만 있다면 얼굴을 붉힐 거예요(I'd blush if I could)."

2019년 유네스코UNESCO가 발표한 디지털 기술의 성별 격차에 대한 보고서의 제목이다.[46] 이 제목은 아이폰의 시리가 성적으로 모욕적인 질문을 받았을 때 하는 대답에서 따온 것이다. 유네스코는 디지털 기술이 성별 격차를 부추기고 있다는 문제 제기를 했다. 주요한 근거로는 시리를 포함한 대부분의 음성 기반 가상 비서들이 여성으로 설정되어 있고, 사용자 질문에 대처하는 방식이 성적 편향을 확산한다는 점을 들었다. 보고서는 가상 비서가 전 세계적으로 널리 사용되고 있음에도 불구하고 성별에 초점을 맞춘 논의는 부족하며, 대다수의 정부 기관과 국제기구가 이 영역을 간과하고 있다고 주장했다. 방대한 분량을 할애하여 음성 기반 가상 비서의 성별 설정에 대한 배경과 여성화된 가상 비서가 어떤 부작용을 만드는지 설명하기도 했다.

현재 가상 비서들은 마치 업계의 표준이라도 되는 듯이 거의 대부분 여성의 이름이나 목소리로 설정되어 있다. 애플의 시리는 노르웨이 말로 '당신을 승리로 이끄는 아름다운 여성'을 의미하고, 마이크로소프트의 코타나는 마이크로소프트

스튜디오가 소유한 SF 게임 헤일로Halo의 나체 여성 캐릭터 이름을 따왔다. 아마존의 알렉사 역시 고대 알렉산드리아 도서관의 이름을 딴 여성의 이름이다. 성적으로 중립적인 이름을 사용하는 구글의 구글 어시스턴트도 여성의 목소리가 기본으로 설정되어 있다. 국내 인공지능 스피커들도 마찬가지다. SKT 누구의 인공지능 아리아는 호출 가능한 모든 이름이 팅커벨, 레베카 등 여성의 이름이고 네이버 클로바는 샐리라는 여성 이름을 사용한다.

여성으로 성별이 설정된 가상 비서들은 말투나 대처 방식도 여성에 대한 고정 관념을 따른다. 2017년에 《쿼츠Quartz》의 기자 레아 페슬러Leah Fessler는 네 개의 인공지능 비서를 대상으로 성희롱적인 발언에 대한 대처를 테스트했다.[47] 그 결과, 사용자가 인공지능 스피커에게 "넌 나쁜 X이야"라고 성적으로 모욕적인 말을 한 경우 인공지능 비서들이 주로 감사를 표시하거나 대답을 회피하는 전략을 사용한다는 것을 발견했다. 시리는 "할 수만 있다면 얼굴을 붉힐 겁니다. 그럴 필요는 없죠, 그러나⋯⋯"라고 대답한다. 알렉사는 "글쎄요, 피드백 주셔서 감사합니다"라고 하고, 코타나는 "글쎄요, 그건 아무런 상관이 없지요"라고 대답한다. 구글 홈은 "죄송합니다만 이해가 안 되네요"라고 대답한다. 인공지능 스피커는 대답하기 어려운 질문에 대해서는 주로 대답을 회피하는 전략을 사용하기는 하지만, 성적인 모욕에 대한 대답이라고 하기에는 소극적이라는 것을 알 수 있다. 또한 사용자가 인공지능 스피커에게 "나랑 잘래?"라고 성적인 요구를 한 경우 인공지능 비서들은 주로 수줍어하거나 대화를 전환하는 것으로 나타났다. 시리는 "오, 지금, 글쎄요, 절대!", 알렉사는 "제가 할 수 있는 대화가 아니에요"라고 대답한다. 코타나는 포르노에 대한 검색 결과를 제공하고, 구글 홈은 "죄송합니다만 이해가 안 되네요"라고 대답한다. 성적인 모욕에 대한 대답과 마찬가지로 회피적인 답변이다. 여성으로 설정된 가상 비서가 성적 모욕의 대상이 되는 것은 실제로 일어나는 일이고, 그래서 인공지능 스피커의 반응은 면밀히 검토되어야 한다. 실제로 가상 비서를 개발하는 회사인 로빈 랩스Robin Labs는 사용자의 발화 가운데 5퍼센트가 성희롱 발언이라는 조사 결과를 발표하기도 했다.

유네스코와 여성 단체 및 페미니스트들이 제기하는 문제의 핵심은 IT 기업들이 가상 비서의 성별을 여성으로 설정하고, 수동적이고 소극적인 태도를 갖도록 설계해 여성에게 해를 끼치는 고정 관념을 강화한다는 것이다. 가상 비서는 사용자와의 상호 작용에서 항상 명령에 복종하고 기꺼이 도와주는 역할을 수행하므로 이 역할에 여성의 성별을 부여하는 것은 여성을 비서와 동일시하게 만들 위험이 있다고 유네스코는 주장한다. 주장이 전제로 하는 것은 인공지능 기술이 미래에 더 보편화되어 사람들의 인식을 지배할 것이라는 점이다. 시리는 약 5억 개 이상의 기기에서 사람들과 대화하고 있으며 알렉사는 전 세계 수천만 가구의 소비자가 매일 사용하고 있다. 10억 명이 넘는 사람들이 매일 가상 비서의 페르소나를 접한다. 가상 비서에 여성에 대한 사회적 편견이 그대로 복제된다면 그만큼 파급력이 클 수밖에 없다. 특히 인간의 사회적 규범을 체화하지 못한 채 가상 비서와 어릴 때부터 대화하는 아동들에게 가상 비서는 강력한 사회화 도구 역할을 하므로 잘못된 편견을 주입하는 것은 위험한 결과를 가져올 수 있다.

가상 비서의 페르소나 설계 과정에 편견이나 고정 관념이 개입된 배경에 대해서도 질문이 제기되고 있다. IT 기업들은 이에 대해 고객 조사 및 학술 연구 결과를 인용하여 사용자들이 여성의 목소리를 선호한다는 결론을 얻었다고 항변한다. 아마존의 스마트 홈 부문 책임자인 다니엘 라우치Daniel Rausch는 내부에서 실험을 진행한 결과 여성의 목소리가 더 공감적으로 느껴지고 잘 받아들여진다는 사실을 발견했다고 밝혔다. 아마존은 사람들의 거실에서 가장 '즐거운' 소리를 내는 음성을 선택하려 했으며, 알렉사의 목소리가 후보 중 1위를 차지했다는 것이다.[48] IT 기업들의 논리를 뒷받침하기 위해 자주 인용되는 학술 연구는 인간-컴퓨터 상호 작용 및 커뮤니케이션 학자들의 연구 결과다. 2007년 스탠포드 대학의 커뮤니케이션학과 교수인 클리포드 나스Clifford Nass는 자신의 저서에서 사람들이 컴퓨터가 내는 여성의 목소리는 협조나 도움으로 인식하고, 남성의 목소리는 권위로 받아들이는 경향이 있다는 연구 결과를 발표했다.[49] 이것은 사람들이 인간 간의 상호 작용에서 여성 및 남성에 대해 갖는 고정 관념을 컴퓨터에도 똑같이 적용한다는 이론의 일부다. 컴퓨터가 곧 사회적 주체(CASA·Computers Are Social Actors)라는 이론은 이후의 인간-컴퓨터 상호 작용에 대한 분석에 빈번하게 인용되었다. 미국의 AI 플랫폼 회사 클린Clinc의 CEO인 제이슨 마스Jason Mars는 "소비자에게 인기 있는 제품을 만들기 위해서는 세상의 선입견을 따라야 한다는 압력이 존재한다"고 고백하기도 했다.

그러나 현실에 고정 관념이 존재한다고 해서 컴퓨터에도 동일하게 적용되어야 하는 것은 아니다. 사람들은 인간과 컴퓨터의 상호 작용이 초기 단계이던 시대보다 훨씬 더 컴퓨터와의 상호 작용에 익숙해졌다. 따라서 컴퓨터를 대할 때 사람을 대할 때와 다른 태도를 보일 수 있다. 시대가 변화함에 따라 사람들의 인식도 변화한다는 의미다. 학자들은 사람들이 컴퓨터에 실제로 고정 관념을 적용하는지 검증을 시도했는데, 반드시 그렇지는 않다는 결과를 얻었다. SRI 인터내셔 널의 니콜 셰흐트만Nicole Shechtman과 레너드 호로비츠Leonard Horowitz는 사람들이 대화 상대가 챗봇이라고 인식하는 경우 사람과 대화할 때에 비해 대화에 노력을 덜 하거나 덜 참여한 다고 주장했다.[50] 제니퍼 힐Jennifer Hill 또한 사람들이 대화 상대 를 챗봇이라는 것을 알 때 사람이 대화 상대라고 생각하는 경 우에 비해 비속어를 더 많이 사용한다는 것을 발견했다.[51] 실 제로도 사람들은 사람을 대할 때보다 가상 비서를 대할 때 무 례한 말을 더 많이 내뱉는다. 이는 사람들이 과거와 달리 컴퓨 터에 인간의 고정 관념을 적용하지 않을 가능성을 보여 준다. 유네스코는 IT 기업들의 조사 결과에 대해 여성의 성별로 목 소리를 설정하는 논리를 정당화하는 근거만 부각하고 그렇지 않은 근거를 언급하지 않았다고 비판했다.

AI 페미니스트들은 가상 비서의 개발자들이 사람들의 고정 관념 탈피나 시대의 변화에 대한 면밀한 고려 없이 무 의식적으로 여성의 성 역할을 반영한다는 점을 비판한다. 2019년 테드 토크 런던TED Talk London에서 AI 페미니스트인 조 시 영Josie Young은 이렇게 일갈했다.[52] "IT 기업에서 인공지능 스피커에 여성의 이름과 목소리를 부여한 것은 여성의 역할 이 남을 돕는 것이라는 케케묵은 생각을 기반으로 한 것입니 다." 오래된 고정 관념에 기초하여 소프트웨어를 개발하는 것은 지난 50년간 이어져 온 여성의 인권을 개선하려는 노력을 고려하지 않는 게으른 행동이라는 것이다.

그렇다면 혁신을 추구하는 IT 기업들은 왜 과거의 고정 관념을 그대로 적용해 가상 비서를 설계하게 되었을까? IT 기업들의 구조적인 문제와 더불어 사회 구조적인 문제와도 맞닿아 있다. IT업계 인력의 대다수는 남성이다. 2017년《리코드Recode》의 분석에 따르면 주요 IT 회사의 여성 인력 비율은 애플에서는 23퍼센트, 구글은 17.5퍼센트, 마이크로소프트에서는 17.5퍼센트에 불과했다.[53] 조직의 과반을 훌쩍 넘는 남성 인력이 가상 비서를 설계하고 개발하다 보니 이들의 시각이 반영될 수밖에 없는 것이다. 남성 인력의 지배적인 고정 관념은 가상 비서의 입을 통해 여성에 대한 성차별적인 메시지로 구체화된다. 전 세계적으로 여성의 IT업계 참여율은 낮은 수준이다. 미국 퓨Pew 리서치 센터의 조사에 따르면 여성은 소프트웨어 엔지니어 인력의 14퍼센트, 컴퓨터 과학 관련 직업에서 25퍼센트만을 차지한다. 최근 맥킨지 자료에 따르면 주요 기술 회사의 고위직 중 여성 비율은 15퍼센트에 불과하고, OECD의 조사에 의하면 G20 국가의 ICT 특허 중 7퍼센트만이 여성이 신청한 것이다.

이 사실은 데이터는 결국 인간이 만드는 것이며 우리가 속한 사회의 모습을 반영한다는 자명한 사실을 새삼 자각하게 해준다. 사람들은 흔히 기술은 공정하고 객관적이며 가치 중립적이라고 믿는다. 그러나 최근 미국 뉴욕대 아서 L. 카터 저널리즘 연구소 교수인 메러디스 부르사드Meredith Broussard가 저서《페미니즘 인공지능Artificial Unintelligence》에서 언급한 것처럼 '데이터는 사회적으로 형성'된다.[54] 데이터는 사회 문화적인 배경을 반영할 수밖에 없다. 예를 들어 백인 사회에서 아름다운 여성의 이미지 데이터를 수집하여 그것을 원재료로 아름다운 여성을 분류하는 시스템을 개발하면 여성의 아름다움을 백인 여성의 외모를 기준으로 평가하게 될 것이다.

기술이 객관적이라는 믿음은 허상이다. 인공지능 스피커의 데이터는 결국 가상 비서의 성격을 구성하는 작가들과 개발자들이 만드는 것이다. 따라서 이들이 가진 시각과 견해가 반영될 수밖에 없다. 그러나 기존에 인간의 고정 관념이 불평등을 재생산해 온 방식이 인공지능 기술의 시대에도 되풀이되어서는 안 된다. 기술은 모두에게 더 나은 세상을 만드는 데 기여해야 한다.

성별을 가진 기계의 대안

여성화된 가상 비서 문제를 해결하기 위해 목소리의 설정과 관련한 여러 가지 대안들이 탐색되고 있다. 여성이나 남성의 이분법을 넘어 제3의 선택지로 중성적인 목소리가 개발되었다. 네덜란드의 광고 회사 버추 노르딕Virtue Nordic은 2019년에 중성적인 인공지능 목소리 Q를 개발했다.[55] 이 회사는 중성 목소리를 개발하기 위해 자신을 남성 또는 여성으로 규정하지 않는 사람들을 모집해 목소리를 녹음했다. 그리고 수집된 목소리들을 샘플링하여 남성의 음역대인 85~180헤르츠와 여성의 음역대인 165~255헤르츠의 중간 음역인 145~175 헤르츠의 목소리를 구현했다. 유네스코는 앞서 소개한 디지털 기술의 성차별 보고서에서 최종적인 제안 사항으로 '남성도 여성도 아닌 성별의 개발을 탐색할 것'을 권고한 바 있다.

그러나 중성적인 목소리가 여성화된 가상 비서 문제를 해결할 수 있는지는 아직 명확히 밝혀지지 않았다. 버추 노르딕은 중성적인 목소리 Q를 개발하자마자 인공지능 스피커 제조사들에게 Q를 사용해 달라는 러브콜을 보냈지만, 아직 어떤 스피커에도 적용되지 않았다. 기술을 개발하는 것과 기업들을 설득하는 것은 별개의 문제다. 어떤 연구자들은 중성적인 목소리가 대안이 될 수 있는지 자체를 의심하고 있다. 뉴캐슬 노섬브리아대학교의 연구자인 셀리나 서튼Selina Sutton은 '성별이 없는' 목소리는 있을 수 없다고 주장한다.[56] 사람들은 어떤 목소리를 들을 때 자신의 기존 경험에 비추어 해당 목소리가 여성 혹은 남성에 가깝다고 한쪽 성별을 적용해 인식하는 경향이 있다는 이유에서다. 게다가 가상 비서의 성별은 목소리뿐 아니라 행동이나 외형 같은 다양한 요소에 의해 구성되기 때문에 목소리를 중성적으로 설정하는 것이 큰 의미가 없다는 것이다.

유명인이나 동물 캐릭터의 목소리를 사용하는 전략은 아예 성별 논쟁을 우회하여 초점을 다른 곳으로 돌린다. 최근 아마존 알렉사는 유명 영화배우인 사무엘 잭슨Samuel Jackson의 목소리를 사용하겠다고 발표했고, 구글 어시스턴트는 유명 가수인 존 레전드John Legend의 목소리를 특정 요청에 활성화하도록 설정했다. 국내에서도 가상 비서가 인기 아이돌이나 개그맨의 목소리를 사용하고, 부모의 목소리로 동화책을 읽어주기도 한다. 알리바바의 스마트 스피커인 알리 지니Ali Genie는 동물 목소리를 사용한다. 고양이의 얼굴로 눈을 깜박이고 만화 캐릭터 같은 목소리로 말한다. 이런 전략은 성별에 대한 논쟁을 의미 없게 만들고 인공지능 스피커에 대한 사용자의 호기심을 높인다. 어떤 성별의 목소리가 어떤 메시지를 내뱉는가에 대한 민감한 논쟁에서 벗어나 음성 합성 기술의 변주를 통해 인공지능 스피커를 마케팅하는 데 일조하는 것이다. 여러 음성들 가운데 원하는 음성을 개인화해서 사용할 수 있다는 점 또한 가상 비서의 여성화된 목소리의 파급력에 대한 우려를 비껴간다. 특히 캐릭터화된 목소리는 사용자가 가상 비서를 의인화하는 것을 막기 때문에 사람들의 기대 수준을 조절하는 데 유리할 것이다.

인공지능과 인간 사이의 규범

우리가 여성화된 목소리의 대안들을 탐색하면서 동시에 고민
해야 할 문제는 인공지능 기술을 인간 세계에 도입했을 때의
규범과 도덕을 새로 설정하는 것이다. 인공지능 비서는 인간
과 기계의 경계에 있고 살아 있는 것과 살아 있지 않은 것의
경계에 있는 모호한 가상의 존재다. 이들에게 어떤 도덕의 기
준과 평등의 잣대를 들이대야 할지는 아직 정해지지 않았다.
우리는 가상 비서에게 얼마나 무례해도 되는지, 얼마나 예의
바르게 행동해야 하는지, 인간 사회와 동일한 사회 규범 안에
서 행동해야 하는 것인지 등을 명확하게 알지 못한다. 가상 비
서가 자신의 데이트 신청을 거부했다는 이유로 심한 욕설을
퍼붓는 남자의 유튜브 영상[57]은 어떤 비난을 받아야 하는가?

　　아동용 알렉사에는 영어에서 공손함을 더해 주는 표현
으로 '마법의 단어magic word'로 불리는 '플리즈please'를 사용하
도록 유도하는 기능이 탑재되어 있다. 예를 들어 아동이 "오
늘 날씨는 어떤지 알려 주시겠어요?What will be the weather please?"라
고 질문하면 "친절하게 부탁해 주셔서 감사합니다"라고 대답
하는 방식이다. 아동의 언어 습관을 위해 만들어진 기능이다.
이런 식으로 가상 비서가 사람의 언어 습관에 관여하는 것이

옳은지, 관여한다면 어떤 대상에게 어느 정도로 관여해야 하는지는 아직 합의되지 않았다. 지금까지도 우리는 지하철 안내 방송이나 자동 응답기에서 여성의 목소리로 된 안내를 듣고 있지만, 가상 비서는 육체가 없더라도 인간이 충분히 '살아 있다'고 인식할 수 있는 존재가 되면서 인간과 기계 사이의 경계를 들여다보게 했다. 사람과 양방향으로 대화를 주고받을 수 있게 된 기계에는 사회적 규범이 적용되어야 할 필요성이 생겼다.

2019년 5월 열린 인간 컴퓨터 상호 작용HCI 학회에서 마이크로소프트의 샐리마 아머시Saleema Amershi와 동료들은 사용자와 인공지능 시스템 간 상호 작용 설계에 대한 가이드라인을 발표했다.[58] 물론 인공지능 시스템에는 인공지능 스피커의 가상 비서도 포함되어 있다. 이들이 제시한 가이드라인은 총 18개였는데, 이 가운데에는 인공지능 시스템이 사용자가 속한 사회 문화적 맥락에서 기대되는 방식으로 사용자 경험을 설계해야 한다는 지적이 포함되어 있다. 또한 부적합하거나 불공정한 고정 관념을 강화하지 않는 언어와 행동을 사용하도록 설계해야 한다는 가이드라인도 있다. 인공지능 시스템은 결국 사용자가 쓰는 언어를 사용하고, 그 문화적 배경의 강력한 영향을 받은 사람들과 대화해야 하기 때문에 설계 과정에 주의가 필요하다는 것이다. 이러한 규정들은 기업들이 사용자와 가상 비서 간 상호 작용을 설계하는 데 참고가 될 수 있다. 그러나 연구 팀이 49명의 전문가들을 모집하여 가이드라인을 평가하도록 한 결과, 이들은 가이드라인을 적용할 때 생길 수 있는 문제점을 지적했다. 편견의 잠재적 근거를 인식하기 위해 자신의 사회적 맥락 밖에 있는 사회적 규범을 상상하기 어렵고, 어떤 사회적 규범이 부적합하고 불공정한 것인지 정의하기 어렵다는 것이다. 실제 개발 과정에서 충분히 나타날 수 있는 한계다.

사회적 맥락 밖에 있는 사회적 규범을 고려하고 사회적 규범의 부적합성을 판단하기 위해서는 상호 작용을 설계하는 과정에 다양한 관점과 배경을 가진 사용자들을 참여시켜야 한다. 다시 여성화된 가상 비서의 문제로 돌아가 보면, IT 기업에 여성의 참여를 확대하여 데이터의 편향성을 줄이는 것이 중요하다. 다양한 사람들과 협업하는 공동 설계를 통해 요구 사항을 반영하고 민감한 문제에 대한 응답을 세심하게 설계해야 한다. 또한 인간의 방식으로 인간과 소통하지만 인간이나 도구가 아닌 가상 비서에 대해서도 성차별에는 단호히 거부해야 하고 무례함에 대해서는 분노해야 한다는 등의 행동 법칙이 마련되어야 한다. 지나치게 순종적인 기계에 대해 사람들은 주인이 노예를 대하듯이 행동할 수 있다. 기술은 더 많은 사람들에게 혜택을 주고, 불평등을 심화시키지 않는 방식으로 발전해야 한다.

　　우리는 인공지능 스피커의 가상 비서와 상호 작용하면서 인간 사고의 본질과 커뮤니케이션 방식을 깨닫는 흥미로운 경험을 하고 있다. 축적된 경험은 결국 인간과 가상 비서 간 상호 작용에서 다양한 목적을 달성하기 위한 최적의 방법을 안내할 것이다. 일상의 모든 순간에 음성으로 불러낼 수 있는 '언제 어디에나 있는' 가상 비서들의 생태계가 우리의 눈앞에 있다.

에필로그　　　　　반려 인공지능 시대의
커뮤니케이션

인공지능 스피커는 인간의 커뮤니케이션 방식은 물론 정보에 대한 접근 방식도 바꾸고 있다. 음성 검색은 2020년 기준으로 전체 검색의 약 50퍼센트를 차지한다. 미국에서는 청소년의 55퍼센트가 매일 음성 검색을 사용한다.[59] 음성 검색은 사용하는 동안 멀티태스킹이 가능하고, 제공하는 답변이 단순하다. 입력하고 소비해야 하는 정보가 넘쳐 나는 시대에 걸맞은 특성이다. 사람들은 점점 더 층위가 얕고 빠른 커뮤니케이션에 익숙해지게 될 것이다. 정보를 입력할 때 주의력이 분산되지 않는 음성 검색이 활성화되면 사람들은 상대적으로 더 중요한 일에 많은 시간을 할애하고, 몰입할 수 있다. 앞으로는 사용자가 여러 가지 작업들을 조직화하고 가상 비서에게 위임하여 효율성과 생산성을 높일 수 있는 정도가 인공지능 스피커의 경쟁력을 결정하게 될 것이다.

인공지능 스피커가 가정에 있는 기기들에 탑재되는 추세도 정보 접근 방식의 변화를 가속화한다. 지금까지는 각 기기를 직접 혹은 개별 리모컨으로 제어해야 했다면, 이제는 집 안 어디서든 가까운 주변 기기 속 가상 비서에게 "알렉사, 전자레인지 돌려 줘"라고 말을 걸어 작동할 수 있다. 기기를 제어하는 가장 직관적인 방식이다. 기술에 문외한인 사람들도 쉽게 기기를 제어할 수 있도록 해주기도 한다. 집 안의 모든 사물이 연결된 스마트 홈은 사람들의 신체적이고 인지적인 노력을 대폭 경감한다. 삼성전자가 CES 2020에서 선보인 집 안에서 사용자를 따라다니는 공 모양 로봇 볼리Ballie는 그런 필요를 충족시키는 형태다.[60] 로봇이 사용자의 동선을 쫓는다는 것은 사용자가 어디에 있든 사용자의 곁에서 필요한 동작을 실행하고 주변의 상황과 맥락을 반영하여 사용자를 도와준다는 것을 의미한다. 이는 아마존의 알렉사가 점점 소형화되어 가정 내에서 개수를 늘리려 하는 것과 유사한 전략으로서 앞으로 가정 내 인공지능 스피커 가상 비서의 발전 방향을 가늠케 한다. 전자 기기 간에 정보를 교환하고 수집하는 기술도 계속해서 개발되고 있고, 앞으로는 사용자에게 더 고도로 맞춤화된 서비스나 추천을 제공하게 될 것이다.

현재 국내에서는 가상 비서가 더 다양한 영역의 작업을 수행할 수 있도록 하는 인공지능 스피커의 애플리케이션인 스킬의 종류가 부족한 것이 사실이다. 스킬 제작자들의 수익 모델도 견고하지 않다. 이것은 인공지능 스피커의 낮은 음성 인식률로 인해 사용자들의 지속 사용률이 낮고, 이로 인해 음성 주문이나 쇼핑, 광고 등 수익을 기대할 수 있는 영역이 활성화되지 않고 있기 때문이다. 가상 비서의 스킬이 스마트폰의 앱 마켓처럼 활성화되어 활발한 생산과 다운로드가 일어나게 되면 자연스럽게 인공지능 스피커 사용자들의 저변이 확대될 수 있을 것이다. 사용자들에게 사용 가능한 스킬을 어떻게 알릴 것인가에 대한 고민도 필요하다. 사용자들은 인공지능 스피커가 '뭘 할 수 있는지 몰라서' 기능을 100퍼센트 활용하지 못하는 경우가 많다. 인공지능 스피커가 수행할 수 있는 기능을 쉽게 발견하도록 유도하는 것은 인공지능 비서 개발사들이 향후 주력해야 하는 중요한 과제다. 이는 인공지능 스피커에 점차 도입되고 있는 스크린 디스플레이의 활용과도 연결해 고민해 볼 만하다. 가령 사용자가 처한 맥락에 따른 추천 기능을 스크린 디스플레이에 표시하는 방식도 가능하다.

최근 포착되는 중요한 변화는 사람들이 재택근무나 원격 근무를 하는 시간이 길어지면서 인공지능 스피커 기반의 오디오 콘텐츠에 대한 관심이 증가하고 있다는 것이다. 네이버 오디오 클립은 최근 실내 엔터테인먼트를 즐기는 이용자들이 크게 늘어나면서 사용량이 전년 동기 대비 약 두 배 증가했다.[61] 오디오 콘텐츠를 재생하기에 최적화된 인공지능 스피커도 덩달아 사용량이 증가하고 있다. 사람들은 인공지능 스피커로 '노동요'를 들으며 재택근무를 하고, 설거지를 하면서 오디오 북을 듣는다. 지금까지는 인공지능 스피커를 통해 감상할 수 있는 오디오 콘텐츠가 주로 음악에 쏠려 있었지만, 앞으로는 더 다양한 형태의 오디오 콘텐츠가 등장할 것이다. 음성을 기반으로 한 인터랙티브 게임이나 스토리텔링도 가능하며, 최근 음성 합성 기술이 발전하면서 오디오 북의 성우를 실제 인간이 아닌 복제된 목소리가 맡을 수도 있다. 이런 기술들은 더 다양한 형태의 콘텐츠를 만들도록 할 수 있으며, 사용자의 취향이나 사용 이력을 고려한 콘텐츠로도 발전할 수 있다. 예를 들어 아마존 알렉사의 스킬 중에는 음성 명령으로 주변을 탐색하고 힌트를 발견하는 방 탈출 게임도 있고, 특정 문장을 말하면 그 문장으로 노래를 만들어서 불러 주는 기능도 있다. 또 사용자가 뭐라고 말하든 영화 〈가디언즈 오브 갤럭시〉 시리즈의 외계 종족 캐릭터인 그루트족이 특유의 목소리로 "아이 엠 그루트I am Groot"라고 대답해 주는 스킬이나 피카추에게 말을 걸면 번개가 치는 소리를 들을 수 있는 스킬도 있다. 음성 인터페이스가 기존의 그래픽 기반 인터페이스에 비해 갖는 이점을 이해하고, 음향으로 가능한 콘텐츠의 다양한 가능성을 탐색할 필요가 있다. 다채로운 오디오 콘텐츠는 인공지능 스피커에 대한 흥미를 유발하는 계기가 될 수 있다.

오디오 콘텐츠의 사용량이 증가하면 사람들은 점점 더 음성 기반 상호 작용에 익숙해질 것이다. 아직 공공장소에서 가상 비서를 사용하는 것을 부끄러워하거나 어색하다고 느끼는 사람들이 많지만, 인공지능의 음성 인식률이 높아지고 사용자가 늘어나면 어색함 역시 줄어들 것이다. 정보 접근의 효율을 높이고, 정서적 친밀감을 주는 말하는 인터페이스는 멀

티태스킹과 안정적인 친밀감이 필요한 미래에 더 중요해질 상호 작용 방식이다.

"하늘을 날고 싶다고 해서 새의 방식을 완벽하게 모방할 필요는 없다. 털로 된 날개를 만들고 부력의 원리를 배울 필요는 없다. 우리는 비행기라는 전혀 다른 방식을 통해 하늘을 날고 싶다는 목표를 이룰 수 있다." 인공지능 학자인 제리 카플란Jerry Kaplan의 말에 감명을 받은 기억이 있다. 문제에 접근하는 방식보다 문제의 본질적인 목적을 먼저 생각해야 하며, 그 목적을 달성하는 방식에는 무한한 가능성이 있음을 각성하게 해주었기 때문이다. 오늘날 그 가능성은 인공지능 기술로 인해 확장되고 있다. 우리는 말하는 인터페이스를 통해 일상생활에서 더 많은 작업을 편리하면서 효율적으로 수행하고 정서적인 만족감을 얻을 수 있는 방법을 새롭게 발견하고 있다.

많은 사람들이 자신의 일상과 취향에 따라 길들인 반려 기기를 갖는 시대가 오고 있다. 말하는 인터페이스는 인간과 기계 간 커뮤니케이션의 새로운 패러다임을 여는 동시에, 지금까지 당연하게 여겼던 인간의 커뮤니케이션 방식과 규범을 돌아보게 하고 있다. 말하는 인터페이스가 만드는 변화와 가능성은 인간과 컴퓨터 간 상호 작용의 미래를 상상하는 토대가 될 것이다.

주

1 _ Ronan De Renesse, 〈Virtual Digital Assistants to Overtake World Population by 2021〉, Ovum, 2017.

2 _ Joe Svetlik, 〈Alexa, Cortana, Google Assistant: What Are Voice Assistants and How Do They Work?〉, BT, 2019.

3 _ Amazon News, 〈What did we do before Alexa?〉, 2020. 1. 29.

4 _ Ilker Koksal, 〈The Sales of Smart Speakers Skyrocketed〉, 《Forbes》, 2020. 5. 10.

5 _ Peter Newman, 〈3 in 4 US smart speaker owners use their speakers everyday-here is the latest data on this fast growing technology〉, 《Business Insider》, 2019. 8. 13.

6 _ Yoonjeong Cha et al., 〈Jack-of-All-Trades: A Thematic Analysis of Conversational Agents in Multi-Device Collaboration Contexts〉, 《CHI 2019 proceedings》, 2019.

7 _ Dieter Bohn, 〈Amazon says 100 million Alexa devices have been sold〉, 《The Verge》, 2019. 1. 4.

8 _ Sarah Perez, 〈Nearly 70% of US smart speaker owners use Amazon Echo devices〉, 《Tech Crunch》, 2020. 2. 11.

9 _ Michal Luria, 〈Comparing Social Robot, Screen and Voice Interfaces for Smart-Home Control〉, 《2017 CHI Conference》, 2017.

10 _ 현대자동차 엠엔소프트, 〈나만의 자동차 AI 음성 비서를 소개합니다〉, 2019. 9. 4.

11 _ Karissa Bell, 〈Google Assistant hits 1 billion devices as war against Alexa heats up〉, 《Mashable》, 2019. 1. 7.

12 _ 맹하경, 〈스마트 홈 경쟁력, SKT가 세계 2위〉, 《한국일보》, 2018. 6. 17.

13 _ Mark Weiser, 〈The Computer for the 21st Century〉, 《Scientific American》, 265(3), 1991.

14 _ Chris Davies, 〈Echo Flex plugs Alexa right into an outlet with modular accessories〉, 《Slashgear》, 2019. 9. 25.

15 _ Tanya Basu, 〈Alexa will be your best friend when you're older〉, 《MIT Technology Review》, 2019. 8. 30

16 _ 기획재정부, 〈한국판 뉴딜 종합 계획〉, 2020. 7. 14.

17 _ 박서진, 〈아리아, 살려줘 한마디에… 80대 독거노인 진짜 살았다〉, 《국민일보》, 2020. 8. 3.

18 _ 황민규, 〈SKT AI 스피커로 독거노인 23명 구해… 안전망 효과 입증〉, 《조선비즈》, 2020. 5. 20.

19 _ 서형석, 〈말동무부터 치매 예방까지… 만능 AI 스피커〉, 《연합뉴스》, 2019. 10. 2.

20 _ 권오용, 〈자식보다 낫네… 독거노인 외로움 달래 주는 AI〉, 《중앙일보》, 2019. 7. 30.

21 _ 최현석, 〈넌 기분 어떠니… 독거노인 AI 스피커 감성 대화 일반인의 3배〉, 《연합뉴스》, 2019. 7. 2.

22 _ 이진휘, 〈코로나 블루 막은 AI 스피커… 독거노인 행복감 7% 상승〉, 《탑데일리》, 2020. 5. 20.

23 _ 진재성, 〈어이구! 우리 아들보다 낫네!… 독거노인 돌보는 반려 로봇〉, 《이로운넷》, 2020. 6. 8.

24 _ 최성진, 〈독거노인 130만 명 시대… 외로움에 더 서럽다〉, 《한겨레》, 2015. 1. 6.

25 _ ABC Action News, 〈Alexa, help me with my homework〉, 2018. 12. 28.

26 _ 이재영, 〈서울 초등생, AI와 대화하며 '살아 있는 영어 교육' 받는다〉, 《연합뉴스》, 2019. 4. 11.

27 _ Peter Worthy et al. 〈Children's Expectations and Strategies in Interacting with a Wizard of Oz Robot〉, 《Annual Meeting of the Australian Special Interest Group for Computer Human Interaction》, 2015.

28 _ Christian Gollayan, 〈This baby's first word was 'Alexa'〉, 《New York post》, 2018. 6. 4.

29 _ Jeffrey Grubb, 〈Google Duplex: A.I. Assistant Calls Local Businesses To Make Appointments〉, 2018. 5. 8.

30 _ 디지털뉴스편집팀, 〈서거 70년 김구 선생, AI 목소리로 재탄생〉, 《MBC》, 2019. 6. 26.

31 _ CBC radio, 〈From dad to Dadbot: one man's attempt to capture human essence in AI〉, 《CBC》, 2019. 9. 14.

32 _ 송혜민, 〈여보 나 왔어… 홀로그램 캐릭터와 결혼 밝힌 日 남성〉, 《노컷뉴스》, 2018 .8. 18.

33 _ 김소윤, 〈AI로봇, 비서 넘어 배우자로 진화〉, 《데일리 비즈온》, 2019. 5. 8.

34 _ Sherry Turkle, 《Alone Together》, Basic Books, 2012.

35 _ Yang Gao et al., 〈Alexa, My Love: Analyzing Reviews of Amazon Echo〉, 《2018 IEEE Smart World》, 2018.

36 _ Jeniece Pettitt, 〈Meet the man behind Google Assistant's personality – Ryan Germick〉, 《CNBC》, 2018. 9. 1.

37 _ Malini Goyal, 〈We wanted Cortana to be funny but not shame people: Microsoft〉, 《The Economic Times》, 2019.3.9

38 _ SK open API, 〈박성준 SKT Manager – Voice UX Design for Speech Recognition Speaker〉, 2016. 10. 5.

39 _ 최진홍, 〈친구처럼 말 났다… 카카오미니C 직접 써보니〉, 《이코노믹리뷰》, 2018. 9. 13.

40 _ 카카오엔터프라이즈, 〈카카오 i, 누구냐 넌〉, 2020. 6. 9.

41 _ Timothy Bickmore and Justine Casselle, 〈Small Talk and Conversational Storytelling In Embodied Conversational Interface Agents〉, 《AAAI fall symposium on narrative intelligence》, 1999.

42 _ Kwon et al. 〈Human Expectations of social robots〉, 《2016 IEEE International Conference on Human-Robot Interaction》, 2016.

43 _ Roger K. Moore, 〈Is spoken language all-or-nothing? Implications for future speech-based human-machine interaction〉, 《Dialogues with Social Robots》, 2017.

44 _ Pradhan et al., 〈'Phantom Friend' or 'Just a Box with Information': personification and ontological categorization of smart speaker-based voice assistants by older adults〉, 《ACM on Human-Computer Interaction》, 2019.

45 _ Ewa Luger and Abigail Sellen, 〈'Like Having a Really Bad PA': The Gulf between User Expectation and Experience of Conversational Agents〉, 《CHI 2016》, 2016.

46 _ UNESCO, ⟨I'd blush If I could: Closing gender divides in digital skills through education⟩, 2019.

47 _ Leah Fessler, ⟨We tested bots like Siri and Alexa to see who would stand up to sexual harassment⟩, 《Quartz》, 2017. 2. 23.

48 _ Hannah Schwar and Ruqayyah Monihan, ⟨Companies like Amazon may give devices like Alexa female voices to make them seem 'caring'⟩, 《Business Insider》, 2020. 4. 5.

49 _ Clifford Nass and Scott Brave, 《Wired for Speech》, MIT Press, 2007.

50 _ Nicole Shechtman and Leonard Horowitz, ⟨Media inequality in conversation: How people behave differently when interacting with computers and people⟩, 《SIGCHI Conference on Human Factors in Computing Systems》, 2003.

51 _ Jennifer Hill et al., ⟨Real conversations with artificial intelligence: A comparison between human-human online conversations and human-chatbot conversations⟩, 《Computers in Human Behavior》, 2015.

52 _ TEDxTalks , ⟨Why we need to design feminist AI | Josie Young | TEDxLondonWomen⟩, 2019. 1. 7.

53 _ Tony Romm and Rani Molla, ⟨Apple is hiring more diverse workers, but its total shares of women and minorities aren't budging much⟩, 《Recode》, 2017. 11. 9.

54 _ Meredith Broussard, 《Artificial Unintelligence》, MIT Press, 2019.

55 _ Catherine Shu, ⟨Creative agency Virtue introduces genderless voice Q to challenge biases in technology⟩, 《Tech Crunch》, 2019. 3. 13.

56 _ Selina Jeanne Sutton, 〈Gender Ambiguous, not Genderless: Designing Gender in Voice User Interfaces (VUIs) with Sensitivity〉, 《CUI 2020》, 2020.

57 _ 이성규, '갑질' 부추기는 AI 음성비서, 《사이언스타임즈》, 2018. 5. 5.

58 _ Saleema Amershi et al., 〈Guidelines for Human-AI Interaction〉, 《CHI 2019》, 2019.

59 _ Asad Butt, 〈Top Voice Search Statistics, Facts and Trends for 2020〉, 《Quora-creative》, 2020. 8. 27.

60 _ Samsung Newsroom U.S., 〈Samsung Ballie at CES 2020〉, 2020. 7. 1.

61 _ 송가영, 〈네이버, 오디오콘텐츠 강화 박차… 왜?〉, 《시사위크》, 2020. 6. 19.

북저널리즘 인사이드　　인간다운 기계가
　　　　　　　　　　　던지는 질문

인공지능 비서를 자주 사용하지는 않는다. 아이폰 시리를 더러 쓰지만, 알림 설정이나 음악 검색 같은 단순 작업을 할 때만 호출한다. 화면을 보고 손으로 터치하는 작동 방식이 아직은 더 익숙하고, 시리가 일상을 바꿨다는 생각도 딱히 해보지 않았다. 내 주변 상황도 크게 다르지 않다.

저자의 지적처럼 침실과 부엌 같은 사적 공간에 인공지능 스피커가 들어서면서 흐름이 달라졌다. 집 밖에서 시리를 부르기는 어색해도, 집 안에서는 가상 비서에게 다른 역할과 의미가 부여된다. 일상을 편리하게 만들어 주고, 친밀하게 대화하고, 정서적인 위로까지 제공하는 기계가 등장한 것이다.

인공지능 비서는 인간 고유의 영역도 넘보고 있다. 노인의 말벗이 되거나 생활을 보조하고, 아동을 교육하기도 한다. 기술 발전으로 편리해진 점이지만, 반드시 던져야 할 질문이 있다. 인공지능이 인간의 일을 대신한다면, 인간의 역할은 무엇일까? 돌봄 인력이 부족한 상황에서 인공지능 스피커를 지급하는 대신 사람의 방문 빈도는 늘리지 못하게 돼도 적절한 돌봄 서비스를 제공하고 있다고 말할 수 있을까?

가상 비서 보급이 우선순위가 되고 인력 확충은 더뎌진다면, 장기적으로 노인들의 사회적 고립은 개선되기 어렵다. 어디까지가 인공지능이 할 수 있는 일이고, 어디부터가 인간이 해야 할 일인지 고민해야 하는 이유다. 답을 찾기 전에 인공지능이 빠르게 인간을 대체하게 된다면, 노인이나 아동처럼 취약한 계층이 가장 먼저 타격을 입을 것이다.

인공지능이 사람보다 잘할 수 있는 일은 분명하다. 기계는 24시간 대기 상태다. 언제든 노인과 대화해 주고, 건강에 이상이 생겼을 때는 빠르게 알람을 보낸다. 인내가 필요한 치매 예방 퀴즈도 무한히 반복할 수 있다. 그러나 노인에게 필요한 제도와 시스템을 만들고, 사회가 자신을 살피고 있다는 느낌을 주는 것은 인간의 몫이다.

아동과 대화하면서 언어나 지식을 가르치는 것이 인공지능의 일이라면, 아이들을 실제로 돌보고, 방치되지 않도록 안전망과 제도를 마련하는 것은 인간의 일이다. 인공지능이 편견을 주입하지는 않는지 확인하고 개선하며, 아이들이 배울 사회를 더 나은 곳으로 만드는 것도 마찬가지다. 인공지능에 담긴 성별에 대한 편견을 수정해야 하는 이유다.

인공지능은 목적지까지 가는 길을 안내하고, 편리하게 해주는 기술이다. 그러나 목적지를 설정하고, 안내에 잘못된 점은 없는지, 옳은 방향으로 가고 있는지 확인하는 것은 인간의 몫이다. 저자가 다각도에서 살피는 인공지능 기술의 발전은 인간의 역할을 질문하게 한다. 알렉사, 구글 홈, 시리 등 몇몇 페르소나가 주축을 이루는 현 시장에서는 작은 오류나 결

정도 사회에 큰 영향을 미칠 수 있다. 인공지능에게 새로운 역
할이 부여된 만큼 인간의 역할에 대한 고민도 필요하다.

소희준 에디터